湛園即事

丁庆书 著

作家出版社
全国百佳出版社

图书在版编目（CIP）数据

淇园即事 / 丁庆书著． -- 北京：作家出版社，2025. 1.
-- ISBN 978 - 7 - 5212 - 3127 - 4

Ⅰ. I267

中国国家版本馆 CIP 数据核字第 20242EK321 号

淇园即事

作　　者： 丁庆书
责任编辑： 李亚梓
封面设计： 贾　莹
出版发行： 作家出版社有限公司
社　　址： 北京农展馆南里 10 号　　**邮　　编：** 100125
电话传真： 86 - 10 - 65067186（发行中心）
86 - 10 - 65004079（总编室）
E - mail: zuojia@zuojia. net. cn
http: // www. zuojiachubanshe.com
印　　刷： 河北星强印刷有限公司
成品尺寸： 155 × 220
字　　数： 182 千
印　　张： 14.75
版　　次： 2025 年 1 月第 1 版
印　　次： 2025 年 1 月第 1 次印刷
ISBN 978 - 7 - 5212 - 3127 - 4
定　　价： 88.00 元

目 录

淇河岸边

徐行随笔

淇河岸边

月亮湾

月亮湾在家乡村东面绵延的山脊上。

在东山蜿蜒的脊背上壁立着凸起的庞大岩峰，极像人工构筑的烽火台，祖辈们流传下来叫它金香炉脑。从金香炉脑向南顺山脊自然形成一个巨大的月牙状的豁口，祖辈们流传下来叫月亮豁牙，也叫月亮湾。

孩童时，我便有了对月亮湾的记忆。在我最初的记忆里，爷爷奶奶和父母亲就指着东山上的月亮豁牙告诉我：红老爷儿（太阳）是从那儿出来的，明奶奶（月亮）也是从那儿出来的。红老爷儿要是哪一天不出来了，天就昏了，地就暗了，夏天会下雨，冬天会下雪；明奶奶要是使慌了（累了），不出来了，夜晚就黑沌沌的伸手瞧不见五指，也瞧不见路，院子也出不去。因此，我从小就对东山上那个月亮湾产生了神圣感、敬畏感。我曾想，堂屋檐下香台上摆着的香炉子香火不断，常见奶奶跪在那里祈福祈雨，莫非东山上矗立在月亮湾北侧的那座连天接地的金香炉脑，就是人们用来祭拜太阳、祭拜月亮的香火炉子吗？

月亮湾在我脑海里一直是神秘的，因为那里是出太阳出月亮的地方。直等到我随母亲去东姚镇上赶集，去赵家东沟走姥姥家，我才觉得东姚集上地面好大。东面的山上没有了月亮湾，早晨的太阳照样升起，晚上的月亮照样出来。这不禁让我对家乡月亮湾产生了疑惑：我排除了家乡月亮湾出太阳出月亮的唯一性。

我想对月亮湾里关于日月的故事弄个究竟。

六岁那年夏天里的一天，我要跟着奶奶翻越月亮湾，跟村里人一起去山东面的石大沟挖山韭菜。

天还没亮，奶奶便从炕上把我拖下来，“你不是要去月亮豁牙看红老爷儿出来吗？快些走！去迟了就赶不上了！”奶奶一只胳膊挎着个荆条篮子，一手连拖带拽地拉着我向东山上走去。村里的邻居也三三两两地跟了上来。

我是第一次上东山，并且还要翻越月亮湾，着实有点兴奋。我满怀探索日出的兴趣，一路小跑在前头。奶奶说：“要匀着走，一开始用力猛了会腿转筋，脚底板疼，撑不到底。”我想，奶奶裹着小脚都能翻山越岭，我还怕什么呢？

我和奶奶等一行人走过红岭凹，穿过安子沟，爬上了白草坡。荆棘布满了曲折陡峭的羊肠小道，大人们走一段就要歇一歇。我回首向西望去，村子就散落在对面西岭下边的一片绿树丛中，遮盖在树丛中的石头墙茅草顶鸡窝大小的房子隐约可见，我第一次从这样的角度俯视了村子的全貌。奶奶用力拉着我快走，这时我已感觉到两腿酸软了。奶奶鼓励说：“马上到顶了，上去路平好走，还要赶去月亮豁牙看红老爷儿出来呢！”

山顶上的路果然平缓了许多，我们的脚步也明显加快了。大约又走过了七洼八岗的蜿蜒山道，终于走近了月亮湾。走近月亮湾，我却失去了在村里看到的那种视角。在村里看时确像月初升起的一弯月牙儿，用手就能挡得严严实实；而现在我身处其中，还不如月亮湾里的一块小石头大。我纳闷：月亮湾这样宽阔广大，怎么远看会是那么灵小呢？

我们气喘吁吁地爬上了月亮湾凹底。向东望去，火红的红老爷儿正在冉冉升起，殷红色的朝晖普照在东方连绵起伏的群山上；转身向西望去，薄纱般的云气轻拂着远处层峦叠嶂的山峦，一道横亘壁立的红岩挡住了视野，后来才知道那就是纵贯华北平原的八百里太行山。眼前这幅宏伟壮丽的景象令我惊奇不已。

我向奶奶发问了一连串的问题：月亮豁牙是出太阳的地方，怎么我们站在月亮豁牙里面太阳却从东边的山上升起来了？那我们再跑到东边的那座山头上，太阳是否要从更远的东边升起来呢？那月亮到晚上是否也像太阳一样从更远的东边升出来呢？奶奶被问得回答不上来，一边拉我走一边说："红老爷儿、明奶奶的事情谁也管不住，我们快去挖韭菜去。"

傍晚时分，太阳缓缓地落在西边巍峨的太行山巅的云层里，片片彩云间透射出一道道明晃晃的光芒。我和奶奶跟随收获的人群，又返回到月亮湾。奶奶把插满韭菜捆的荆条篮子重重地放在石台上，喘着急促的粗气，抹着淋漓的汗水；大人们稍微喘口气，又要踏上回村的小路。可我还是想看看月亮从东边出来时的样子……

黄楝树

又到深秋。秋风染过的黄楝树叶子将家乡的山岭沟壑装点得色彩斑斓。

触景生情，我想起了小时候我家老院子西边石崖上的那棵黄楝树。

我家老院子是依山而建的。北边堂屋是三间主房一间耳房，东屋和南屋分别建筑在高高的石岸上，西边是西岭顺延下来浑然天成的斜坡石崖。从东面远看，我家院落极像石垒土夯的旧城堡。我们兄弟姐妹就出生在东厢的草屋里。

黄楝树生长在西边石崖上的一个缝隙里。一人难以合围的树梃憋屈在一尺多宽的石缝里，树干底部的皮肉牢牢地镶嵌在石缝两侧的棱角上；暴露在外的树根顺着石缝一直植入岩底，发达的根系显示出它的顽强与坚韧；树干自然弯曲地向着东方上空倾斜着，摸手高处分叉出三枝曲曲弯弯的躯干，延伸到一定高度后又无规则地分支出无数的枝杈，然后形成了一个庞大的树冠。这棵黄楝树生于何时，老祖宗没有交代，后生们便无法考证，也无人对它产生过多少兴趣。

黄楝树其实是我家庭院里的一道风景线。春夏秋冬，四季分明。

春天里，它纷繁的枝头生发出修长的紫红色的嫩芽儿，春风轻拂，徐徐摇曳间散发出阵阵清香，飘逸在空气中，沁透在肺腑里。

夏天里，它茂密的枝叶浓绿丰满，串串新芽密密麻麻地布满枝头，太阳光下泛射出湿漉漉的光泽；叶子的密度将阳光遮挡在树冠之外，恰似一把绿色的遮阳伞，为人们提供了阴凉防晒的去处。

秋天里，它浓绿的叶子渐渐变黄、变紫、变红，呈现出五彩缤纷的绚丽；成熟的楝籽仿佛绿色的翠珠，一串串、一簇簇挂满枝头，颗粒饱满，丰硕累累，溢出阵阵油香，等待着人们去收获，去分享。

冬天里，尽管寒风将它的绿色和华丽的衣冠吹去，但在大雪纷飞的季节，它仍然傲立于冰天雪地，被皑皑白雪包裹着黑白相间的躯干、枝条，冻结出一串串、一团团棉花绽放似的雪朵和冰凌，在蓝天的映衬和阳光照耀下晶莹剔透，熠熠生光。

黄楝树下的石板台，曾是我课后学习、玩耍和浪漫遐想的地方。

我上小学时放学回家，会从家后的小路先回到黄楝树下的石板台上，坐下来取出作业，把石板台当作黑板，重复地书写着课堂上学到的生字，反复地演算着刚学到的算术题。

疲倦了，就躺在石板台上，双手枕在脑袋下，竖起一条小腿，仰望天空，憧憬未来。

我想过长大以后要当一名老师。昂着首，挺着胸，夹着教案，端着笔斗，一阵风似的走上讲台。环视每个同学熟悉的面孔，观察每个同学的面部表情。然后用自己渊博的知识，挥洒自如的讲艺，去塑造同学们纯朴智慧的心灵。我也想过长大后去当一名解放军战士。穿上绿色的军装，挎上闪亮的钢枪，勇敢地奔赴前线，保卫着祖国安全。我还想过做一名农村干部。学会各样农活，磨出双手老茧，带领父老乡亲，战天斗地，绿化荒山，改良农田，修路架电，引水上山，实现乡亲们“楼上楼下，电灯电话；点灯不用油，耕地不用牛；汽车路上跑，清水遍地流；年年粮增产，家家吃不愁”的美好梦想。

在黄楝树下，石板台上，我还借着皎洁的月光，仗着闪烁的星辰，大胆地学着吹笛子。我想用优雅的笛声，打破山里的寂静，唤起乡亲们对未来美好生活的向往。

每每想起这棵黄楝树，就会勾起我对人生、对环境、对未来的一些梦想。

我欣赏这棵质朴的黄楝树，是因为它对生命的神圣态度。它的新生，就像上帝对一个生命体进行的一次“置之死地而后生”的实验，在环境、条件、生命胎体都不具备孕育生命的情况下，如何诞生一个新的生命体。然而，它对上天给予的恶劣的生存条件没有挑剔，没有选择，只选择了生命。当你亲眼目睹了它那极其艰险的生存空间——那条岩石中开裂的缝隙时，你会难以置信这里会勃发出绿色的生命。

我欣赏这棵质朴的黄楝树，在于它超乎想象的毅力和顽强的品质。面对恶劣的生存条件，它没有沮丧，没有颓废，没有攀比，只有正视面对，顽强抗争。它经历过常年干旱的煎熬，经历过火炉般的蒸烤，经历过狂风致命的摧残，经历过死里逃生的灾难。但是，它靠毅力，靠坚强，靠抗争，避免了一次次死亡的劫难，获得了生存壮大的宝贵机遇。

我欣赏这棵质朴的黄楝树，还在于它没有索取，只有奉献的精神。黄楝树生长在那种环境里，它没有占用土地，没有渴求浇水，更没有奢求施肥，它没有与人类争夺任何资源。它是靠着上苍的一丁点眷顾和自己的耐力顽强生存、长大的。但是，它却无私地把自己所有甚至自己的身躯毫无保留地奉献给了人类。

我觉得，黄楝树已经把我带入对人生价值的冥想之中。

鸟之巢

鸟巢是鸟类栖息地，也是鸟类繁衍后代的地方。和人类的住宅一样，同样需要珍惜和保护。

我对鸟巢（鸟窝）观察很长时间了。若要追溯，可以到上世纪六十年代。

上世纪六十年代后期，我已十多岁，上小学，正遇上“文革”。

“文革”时，村上没有多少“四旧”要破的。要破的话，也就是我们上学时那座破旧的庙宇。可这庙宇早就没有供奉神像了，变成了我们学知识、长本事的学堂。我们又是红小兵，是红卫兵的子弟，我们捍卫着设在破庙宇里的学校，包括院内白杨树上的那个惹眼的鸟巢。

鸟巢不会是“文革”的目标。因为，它没有政治属性。但是，不排除它是村里那些淘气鬼们攻击的目标。其实，他们袭击的目的不是要捣毁鸟巢，而是要取得鸟巢里的鸟蛋，甚至要捕捉那些守候在鸟巢里嗷嗷待哺的雏鸟。

喧嚣的锣鼓声，早已引起鸟儿们的警觉，它们不愿卷入人类的这场旷日持久的纷争。但是，它们一旦遭遇到浩劫，也会进行殊死搏斗。我亲眼看到过喜鹊与袭击它巢窝的人进行搏斗的场景。一次，一个淘气鬼爬上树撼动鹊巢，想掏走鹊窝里的鸟蛋。喜鹊们尖叫着欲把那人驱离，在“奉劝”无效的情况下，它们勇敢地发动了一场反击战。它们个个像战斗机一样，飞上飞下，直击那人头部，几个回合下来，那人被迫跌落树下。喜鹊们取得了保卫家园的胜利。

那时鸟巢还很多。大树摇曳的树杈上，房檐下，窗台上，悬崖峭壁间到处可见鸟巢。那是人与鸟和谐相处的时候。

我常常观察鸟儿们筑巢的过程。因为这样，可以长些见识，增点智慧，感悟鸟与人类的亲密关系。

鸟类筑巢用料多是就地取材。鸟儿一旦决定了建设新的巢穴，它就一刻不停地飞来飞去，到处选择用材。开始是用香头般粗细的木棒儿，搭起巢的框架；然后用更细些的木棒儿、草棒儿，将先前的木棒儿紧紧地捆绑、固定在一起，形成巢的形状；之后，再用茸草、羽毛将巢铺垫得宜居舒适。

鸟类是非常了不起的建造师。鸟筑巢的过程应该是一个很复杂的过程。比如在摇摇晃晃的树杈上，第一根木棒儿是怎样在不用钉子、不用绳子、不用黏合剂的情况下固定上去的；然后，又是怎样将第二根、第三根等等有序地安放上去，构筑出巢的基础。再比如，鸟巢建筑在窗台上，一半构筑在窗台上，一半则悬在窗台之外的空中，又无需什么支撑物，即便是人类建筑，在技术上也是个难题。这里边涉及到的不仅有力学问题、平衡问题、构造问题，还会涉及到建筑学和美学问题。因此，鸟巢确实是力学、美学、物理学等方面的一个集合体。

鸟巢充满着鸟类的大智慧，而这种智慧为开启人类智慧提供了示范。从远古至今，人类祖先就从鸟类那里学到了许多本领，其中包括构筑栖息的寓所，甚至从鸟巢中挖掘出现代化大型公共建筑理念。譬如著名的北京奥运会最大场馆——鸟巢，从场馆名称到建筑形态，都集中展现了鸟类的大智慧和人类仿制创意的人文理念，把鸟类朴素的原创智慧放大运用到了极致。鸟巢中的学问不一而足。

鸟儿站在树枝上，从来不会担心树枝折断，因为它相信的不是脚下的树枝，而是自己的翅膀。

鸟儿构筑在树上的巢始终处在动态中。树欲静而风不止。微风是鸟儿们追求的理想状态；人类感觉到舒适的风力，到了树梢可能就要明显晃动了，鸟儿们常常张起羽翼，在风吹摇摆中求得平衡，就像高空飞行中的飞机，遇到强烈的气流时两翼的平衡叶片也会自动打开。

鸟儿们常常会遇到暴风骤雨的袭击，有时还会遭遇生死劫难的考验。但是，不管遇到多大的风险，鸟儿都勇敢地应对着、坚守着，不屈不挠地守卫着自己的家园。

草根耳语

我上小学的阶段，放学后最怕回家。回家了，书兜还没放下，奶奶或母亲就会把镰刀给我，催我去给牲口割草。记忆里，爷爷、奶奶和母亲从来没有过劝我教我要做好作业，回到家里便是让我去割草。做作业就只能放在晚饭后，在昏暗的油灯下完成。

往往，我人还没到家，镰刀和糠窝儿就给我准备得好好儿的。放下书兜，拿起镰刀和糠窝儿，边走边吃边寻思着去哪儿割草。

当时，家家户户养猪养牲口，孩子们除了上学，就是割草。村庄开外一两里，寸草不留，像小孩剃头一般割得净光净光的。因此，去哪儿找草割都是颇费周折的事情。大人们哪管这个，牲口在圈里踢脚竖耳了，嘶嘶地叫唤，等着吃草，压力也是蛮大的。不似礼拜天，起个早，可以跑到东岭后或西岭后，到人脚稀少的山巅背风向阳处，白草茂密肥壮，挥镰之间，就会有丰实的收获。

每天下午放学比较早，因为，离学校较远的学生需要时间往家里走，晚了，担心发生安全问题。那会儿，山上不时会有狼跑下山来寻觅食物。

那时的我一直想躲避回家去割草，很希望老师在学校里安排些零杂事，比如替老师批改作业、组织班务活动，或是去给军烈属、五保户抬水打扫卫生，或是去公路的上坡处学雷锋帮人拉推车……这些事情做起来觉得有意义，有名堂。

那时候，大队上没有公共活动场所和设施，最多能去学校隔壁的大队供销社看看货架上摆放着穿的、用的、吃的小商品，对一种新鲜的未见过的商品，我会花上时间去仔细观察，特别是包装上印制的字母和数字，我会先看后问，问得营业员不耐烦了，就把我撵了出来。

为躲避割草，我还时不时地跑到大队部里的电话总机房。这里看电话总机的是我表姑金荣，石大沟我大姑奶奶的二闺女。她当时也就二十岁出头，圆圆的脸上一双浓眉大眼，一双大辫子甩在背后，穿着打扮干净大方。比起同龄人，表姑显得眉目清秀，能说会道，爽朗利落。表姑和母亲说得来，走得近。父亲来信或打电话，表姑都会跑到家里给母亲报信送信儿。我喜欢去表姑那里，主要是那里有报纸有杂志，能阅读能学习。我记得有《人民日报》《河南日报》《林县小报》，还有《中国青年》和《妇女生活》杂志。很多都是我先去翻看阅读了，表姑整理一下，再送到大队部办公室去。大队部办公室与表姑的电话总机室隔着三间房，我有时就去大队部办公室窗户下听干部们开会，听他们商议大队上的事儿。后来，奶奶或母亲发现我不回家先到表姑的电话总机房，她们干脆把镰刀送来，让我趁天黑之前先去割草。

爷爷对我逃避割饲草的事儿心知肚明。他给我讲过一个故事至今言犹在耳。爷爷说：早先啊！一个给地主干活的长工，冬天了，地里没活，就上山开荒，常常累得汗流浃背，一回来放下镢头，走到水缸跟前，拿起水瓢对着嘴“哽哽哽”就是一瓢冷水，喝完流露出快感，便情不自禁地说：“真处展（方言，舒服的意思）呀！”

地主少爷看到后，羡慕得不得了，便问长工：“啥叫处展？咋个儿就处展啦？”

长工问：“想处展啦？”

“想！”少爷说。

“那你明天上午跟我上山去开荒！”长工说。

少爷应允。

第二天，少爷带上干粮，跟着长工来到山上。

长工说：“我咋干，你咋干！”

“行，你咋干我咋干！”少爷说。

长工刨石头，少爷也刨石头；长工垒岸，少爷跟着垒岸；长工脱下棉袄光着膀子，少爷也脱下棉袄光着膀子。不到晌午，少爷累得满头大汗，把干粮也吃完了，浑身像散了架子。

少爷说：“太累了，咱回去吧！”

长工说：“咱回去！”

少爷跑在前，长工跟在后。他看到，少爷一进门径直跑到水缸跟前，拿起瓢，“哽哽哽”就喝下去半瓢水，边喝边说：“真处展啊！”

长工笑着说：“少爷，知道啥叫处展啦？”少爷笑着一溜烟跑着换衣服去了。

爷爷讲的故事，可能是他的亲身经历吧！因为，解放前，他在富人家当过十八年的长工。爷爷说，咱家不是地主，现在也没地主了，都是贫下中农，都是普普通通的老百姓。过去，我累死累活，是给人家当长工。现在是社会主义大集体，咱是集体中的一员，是为集体而劳动，为人民服务而劳动，劳动是光荣的！

爷爷讲的故事，我一直铭记于心。

礼拜天是割饲草的黄金时间。我与事先约好的同学，一同前往预定的割草目的地。翻山越岭走了半天，找到割草的地方了，爬山爬得也累了饿了，身上带的干粮也快吃光了。看着风吹草低的草绒，心中无比兴奋，占有欲油然而生，气力从心底而来，镰刀在白草绒绒的根部“嚓啦嚓啦”地快速挥舞着、重复着，不到半个时辰，一把一把的草绒整齐摆成一片，面对劳动成果有一种淋漓酣畅之感。我们迅速将草绒一把一个颠倒地摞起捆紧，用扁担穿插，用尽了气力，才能站立起来。捆好了，我们需要喘口气，需要勇气，才能将比我还要沉重的草捆十步一歇慢慢地从山上挪动到山下，从山下挪回家里。

返程前喘息的瞬间，我仰卧朝天地躺在割过的草地上，一股清香从草根溢出，和着泥土的气息、草根的清香与汗水的腥味，快速地浸入我的脑袋，我的心脾，我的全身。我好似浑身被这泥土、被这草香、被这汗腥气儿洗礼过一遍，感觉浑身轻松多了！竟然有了爷爷故事里“处展”的感悟。我谨怀感恩之心，面贴着草根，切切耳语，酣畅对话，把自己心事完全地与草根交流，与大地交流，与蓝天交流，我真的感觉到完成了自己一生的入世洗礼。

响 泉

孩童时对家乡响泉的印象特别深刻，以至于在我成年后的脑海里，仍无数次地翻滚着那一泉的水，久久地挥之不去，已记不清多少次在梦里与她相遇。

家乡是个二百余人口的小山村，依山势走向而建。村北路边河谷底的卵石中，有一口不规则的石垒的井口，井口涌动着叮咚作响的泉水，翻滚着溢出一股清流。这便是响泉。响泉是从河谷的卵石中涌动出来的。它翻滚溢流的形态极像一口盘在漫地里烧开的大锅，尤其是隆冬时节，泉水翻滚，热气升腾。

对于响泉的源头，众说不一。有的说是从白云山下潜流过来的，说它与白云山下南寺泉是一股水源；有的说它与浉河万泉山的泉水相通，流的是西山老山根下的水；而看水文的先生说它是老天下雨，东西两山蓄住的雨水渗出来的，因为风调雨顺的年份水量就大，干旱年份水量就小甚至断流。

清澈的响泉水甘甜清纯，沁人心脾。在我的记忆里，家乡父老是与响泉相依为命的，人畜用水离不开响泉，种瓜种豆离不开响泉，淘米洗菜离不开响泉，洗衣洗澡离不开响泉；人们上山干活途经响泉总要取水以备口渴，干活回来热了累了路过响泉，就将嘴直接伸进涌泉里饮个痛快。

响泉出水量不是很大，淌出潺潺小溪后，流经九岭十八弯谷底，最后流入淇河。我至今不知道过去这条小溪的名头，也不知道这条小溪算上算不上淇河的一个小小的源头。

溪流没有瀑布，没有平湖，没有激流，舒缓平静，悄无声息。偶尔只有明镜似的小小水面，这便是小孩儿们戏水取乐、学习游泳的天然乐园；也是大人们夏季纳凉、四季洗刷的最佳去处。

在流淌的溪流里，滋养着鱼、虾、螃蟹、青蛙之类的水生物种，据说这些水生物种都是从淇河里爬上来的。人往高处走，水往低处流，这些个水生物种逆流而上，大概是为了寻找养育它们生命的源头。

孩童时，我们是光着脚丫踩着小溪长大的。水中的绿苔、卵石，游动的小蝌蚪、小鱼虾，水上飞来飞去的红蜻蜓，还有偶尔贴近水面疾飞的小燕子，梦里依稀可见。

尽管小溪水量不大，河面不宽，却释放出了无穷的能量。我们小时候，故乡没有工厂，没有灌溉工程，小溪两岸的农田、坡地还是靠天收获。但小溪两侧有肥美的水草、茂盛挺拔的白杨、随风飘逸的垂柳、两侧坡岭苍郁的植被，想必都源于它的滋养。

因为有了响泉，便有了自由流淌的小溪，有了鸽子坑，有了石缸潭，有了湍流东去的淇河；有了生生不息的生命，还有了父老乡亲繁衍生息、勤劳耕耘、欢快生活的许多生动故事……

多少年之后，故乡的响泉干涸了，那流经九岭十八弯谷底的溪流也干涸了，留下的只有那溪流流淌过的印迹和靠它滋润生长起来的白杨树。我难以想象，这响泉在停止泉涌前都经历了什么。是否也像人的生命到了最后时刻，会对后代有所叮嘱、有所交代，从而留给后人们一些念想。

在梦里，在忽隐忽现的意识流里，我似乎清晰地意识到，我们这些曾经接受过响泉恩泽的人们，有责任把家乡曾经的美妙，通过描述的方式告诉再无机会饮用响泉甘露的年轻人和小朋友：家乡曾经有过响泉，有过小溪，有过如诗如画的景致；而这诗画般的景致，没有做作，没有瑕疵，完全是家乡本真的自然流露。我们也有责任引导我们的年轻一代和儿童，要立志担当起家乡的生态修复、合理利用的历史使命，让更多的人懂得：山上树多了，茂盛了，植被恢复了，森林涵养功能增强了，家乡的响泉自然会回来的！

柿子熟了

柿子熟了的时候是晚秋。

地上的庄稼果菜收拾完，扁豆秧拉尽，地下的红薯、萝卜都刨完了，才轮上了摘柿子。可以说，摘柿子是从秋收到冬藏的最后一类果实，也是最后一道农活。

这个时候，橙黄花红的柿叶已经落尽，只剩下曲里拐弯的黑色枝干，在阵阵寒风中摇曳，撑着一嘟噜一嘟噜的殷红发亮的柿子。有些柿子熟透了，便落下来，落在树下的石板上或厚厚的柿叶里，为喜鹊或鼠狸们留下了美味的佳肴。

摘柿子，既是个危险的活儿又是个灵巧的活儿。在地上用挠钩采摘够不着的，就要像猴子一样攀爬到树上，去采摘挂在高处枝梢上的柿子，倘若抓不牢树干或脚下的树枝折断，便会从树上摔下来，轻则擦伤皮肉，重则摔断筋骨，结果就得不偿失，损命伤财了。这样的情形也是不乏其例的。那年，爷爷就是去老白凹摘柿子，从树上摔下来，跌坏了腰，在炕上躺了一冬天出不得门来，落下了腰疼的病根。

家乡的山山岭岭，圪圪梁梁上到处都是柿子树。柿子树既绿化了家乡，也养活了家乡；既有绿化效果，又有经济价值。一进入晚秋，家乡的山岭沟谷被柿树花红柳绿的色彩覆盖着，仿佛一幅涂鸦抽象的油彩画。

熟透了的柿子挂在落尽叶子的枝头上，一嘟嘟、一串串、一颗颗的红里透着亮，犹如挂满技头的红灯笼，将家乡的山野映照得五彩缤纷，使家乡的晚秋宛如披上节日的盛装，丰硕而华丽，在初冬萧瑟中呈现出一派喜庆的景象。

我的童年时光是在饥荒中度过的。那时，新中国成立不久，生产条件差，粮食产量低，温饱问题仍然困扰着人们，吃的喝的依然是“糠菜半年粮”，柿子成了续命的食物。但是新鲜柿子不好储存，乡亲们就把摘下的柿子切成柿块，旋成柿饼，把熟透的柿子与谷糠和在一起，捏成柿糠疙瘩，然后，用火炕烤干，用石碾碾，用石磨磨成柿糠炒面，用大缸储存，以备食用。在灾荒困难时期，柿子的确派上了大用场，救了几代人的命。

其实，直到今天，我们才知道柿子是具有很高营养价值的果子。

柿子除鲜食外，完整的鲜果经旋皮加工之后，可以制成柿饼。柿饼外部有一层白色的粉末，叫作柿霜。柿霜并不是淀粉，而是由内部渗出的葡萄糖凝结成的晶体。这些晶体并不容易与空气中的水分相结合。因此，柿饼表面通常会保持干燥，这也有利于柿饼的保存，成为柿子商品化的主要业态，很受市场的青睐。柿子还可以酿成柿酒、柿醋，加工成柿脯、柿粉、柿霜、柿茶、冻柿子等等。想想过去，我们真是满山宝藏未识宝呀！

今天的柿子，它的价值与妙用与我们小时候相比，已不可同日而语了。它对于人的价值，不仅仅是甜甜的美味和满足于一种饱腹感，更在于食用得当，并对人们的身体起着保健和滋养的作用。

所以，人们已经等不到柿子熟了。

雪花飘飘的季节

寒流又来了，刚放晴的天空又蒙上阴沉的雾霾。这种天气啥时候才能熬出个头，谁心里也没个谱。碰到这种天气，我们这些爱回忆、爱比较、爱牢骚的“50后”，自然会想起年少时雪花飘飘的季节。

我们年轻时，到了这个季节，天阴得沉了，老天爷会把持不住飘下纷纷扬扬的雪花，将秋收秋种之后的扬尘，用洁白的雪花遮盖得严严实实。这时，人们才会真正感受到秋天的结束和冬天的到来，从而从一年的忙碌中解脱出来。

那个时候，雪花从天上飘落下来的情形是看得见、摸得着的。天空先是阴沉得云雾不分，沉闷黯淡。而后一丝寒风吹过，片片雪花便随风飘落下来。

我观察着，那纷飞的雪花是片片美丽晶莹的六瓣花形，白白的，静静的，无声无息地飘落在土路上、草丛里、房坡上、庭院里、原野上。

站在户外，面对飞扬的雪花，仰起脸庞，伸出双手，细细体验着、品味着雪的飘逸，雪的柔软，雪的温润，雪的清纯。这是一种与高尚圣洁之物的亲吻，那洁白无瑕的形体，胜于母亲的乳汁，滋润着万物生灵，提升着生命的品质。

随着雪花飘落，小土路被雪覆盖，却留下一串串稀疏的脚印；草丛被雪覆盖，只露出几株黄色的秆穗；房坡被雪覆盖，仿佛蒙上一层白色的絮被；庭院被雪覆盖，整个村庄被置于洁白的原野之中。

当你伫立在厚厚的积雪中，静听鹅毛般的雪片拟似“瑟瑟瑟瑟”的落叶声响时，你会自然而然地从心底发出“寂寞观雪重，静听落雪声”的感叹！

雪花自由飘逸的舞蹈，曾是我眼里最美的景致。我想，她和人间芸芸众生一样，同样喜欢清新的空气，美丽的田园，干净的村庄，连绵的群山。唯此，才能彰显其美妙的身姿，洁白的肌肤，耀眼的光鲜，润物的厚重。

可现在，雪花也和人间芸芸众生一样，遭受着恶劣气候和雾霾的侵蚀。这些年，气候变暖，废气过量排放，雾里加上了霾。天不蓝了，气不爽了，该热时热不起来，该冷时冷不起来，把四季分明的气候颠覆了。人世间恶化的环境，正在改变着她组合聚变的形态，改变着她洁白无瑕的肌肤，改变着她与地面接触的方式。在她即将飘落的那一刻，她思忖着、犹豫着、选择着自己的安放之地。她不愿与霾为伍，她想保持自己圣洁的容颜；她不愿将不洁之物带给人间，她想保持自己崇高的声誉；她万般无奈地在挣扎中将自己消化在莽莽苍穹之间。

我理解雪花难以落地的艰难和苦衷。她也像人间亿万生命一样，在飘零着，漂泊着，艰难着，痛苦着。她在高空聚变的过程中，难以找到适宜她攀联的对象和凝结的环境，她勉强地寻找着下降的空间，但被浓浓的雾霾气层阻隔着。而且，仍要面对一座座冲天的烟囱和滚滚的浓烟，一片片林立的高楼和一路路拥挤的汽车。她难以找到可以让她飘逸的空间，她在艰难地飘零着，她在四处飘零中绝望地自我消融。而我们却无法窥见她圣洁绝美的身影。

雪花是高贵的。这是因为她与生俱来高贵的品质，洁白的精神。

无论环境如何变化，她始终恪守着自己的信念：变化的是形式，不变的是思维，是品质。

雪花飘零并非自己的本意，她喜欢自由飘逸地降临。雪花飘零并非自己的过错，她被人类的过错搞得面目全非。雪花飘零并非改变了自己的本质，她在等着蓝天，等着白云，等着适宜她飘逸的日子。

麦田里的油菜花

开春了，花开了。人们四处游荡着去赏花。有人喜欢去公园，看万紫千红的各类盆栽花、种养的花；有人喜欢跑到山上，去欣赏百花竞放、山花烂漫的梨花、杏花、桃花、野草花；也有人喜欢背上长枪短炮，走南闯北地去拍花。初春去婺源，去贵州，拍摄漫山遍野的油菜花；三月里，登上青藏高原，去林芝赏桃花。总之，春天就是踏春赏花的季节。

在这个季节里，人们不经意间发现，生养了自己一辈子的圪圪梁梁、沟沟壑壑、层层叠叠的梯田，到了春天也是那样的绚丽，那样的灿烂，那样的妖娆。扮靓这带丘陵的，除了野草树木，实际上就是我们屡见不鲜的麦苗和油菜花。我们只是身处花海不觉花，习以为常罢了。人们往往就是这样，拿着扫帚找扫帚，骑着驴子找驴子。其实，家乡的油菜花，早在几十年前就有了，只是把麦子当成麦子，把油菜当成油料，而没有把油菜花当成花而已。这个事情说明，在观察事物时，往往注重关注它的作用和结果，而忽略了它的过程。恰恰是，有时轰轰烈烈的过程也是非常重要的。油菜开花是油菜结籽的过程，而这个过程为饰靓我们共同的空间环境发挥了增光添彩的作用。

麦田里边什么时候开始种上油菜花的，现在恐怕少有人能说得准。曾记否？在农村大队搞科研队，搞试验田的事情。大概是上世纪七十年代初，也就是知识青年上山下乡开始后的一段时间里。我记得东沟大队在村西边搞了一大片试验田，在县里和公社农科所的专门指导下，由村里的高中生和上面派来的知识青年进行农桐兼作、小麦油菜兼作和红薯高产试验。经过在试验田里试验成功后，再逐步推广扩种。其他大队是否也是这样子进行的呢？应该是。因为那时还是计划种植，种什么品种，种多少面积，都是上面统一计划的。麦田兼作油菜，是解决群众食油问题的路径之一，也是贯彻落实中央“发展经济，保障供给”的指导方针，统筹发展粮、油、肉、菜、果的重大措施之一。那个时候，强调的只是发展农业生产，改善群众生活，并没有关注到种植结构调整带来的生态环境的变化，而且这样的变化，竟然在半个世纪之后，才呈现出她美丽养眼的一面，为美丽乡村建设扮靓了满满的姿色。

让家乡油菜花盛开的季节引发八方瞩目的，应该是林州市摄影家协会组织的采风活动。那些摄影师们跑到婺源，跑到青海，跑到甘肃，跑到云贵高原去拍油菜花，对各地油菜花绽放的季节、绽放的特点、绽放的姿态、绽放的宏大场景已经有了充分的认知和娴熟的把握。忽然，有一天，他们发现了东姚川里的油菜花，无论是物候，无论是特质，无论是场景，都可与江西婺源媲美。那真是应了宋朝大家苏轼“不识庐山真面目，只缘身在此山中”的著名诗句。之后，摄影家协会的摄影师们，用镜头记录了油菜花开的季节东姚川的大美景致，并赋予其“北方婺源”的美誉。

摄影大师的视觉是独到的，思维是综合的，既有记录印象的专业手段，又有文学艺术的构思逻辑，还有综合分析升华提高的宣传推介能力。在摄影师们的眼里镜头里，东姚的春天是极美的。巍峨的白云山飘逸着淡淡的白云，白云山下的山岭沟壑披上了层层新绿，梨花、杏花、桃花、桐花、楸花和着漫山野花，形成了一岭岭、一洼洼、一片片、一簇簇活灵活现的花的世界，加上此起彼伏、动感十足的丘陵，错落有致的梯田，成就了一幅鲜艳夺目的极具立体感的油彩画般的田园风景画面。

绿色的麦田是这幅画的底色，黄色的油菜花是这幅画的颜料，层层叠叠的梯田里洋洋洒洒的油菜花，正在热情奔放地绽放着，远远望去，犹如财神在这片土地上铺展了不规则的块块金条，在深绿色的翡翠间，金黄金黄地耀眼闪光。

我来到一片油菜花间，端详着油菜花生长的状态。我发现，一根根粗壮的茎枝上都有若干枝细的花茎，那几枝细的花茎的顶端又分叉出四五个或更多个花瓣，那花瓣竟是似圆非圆、似方非方的形状。昆虫界也在分享这盛开的油菜花带来的热烈氛围。蝴蝶扑扇着美丽的翅膀来来回回地选择花枝，蜜蜂嗡嗡着灵敏的嘴唇忙忙碌碌地采吸花蕊，春归的燕子也被如此氛围感染着、疾飞着。绿色的叶子衬托着黄色的花儿，密密麻麻地、铺天盖地地粉饰着层次分明的广阔田野，使这里的原野变成了山里边乡村春天的样板。

麦苗儿的肥厚茁壮，油菜花的热烈奔放，在路演着大地丰收的希望，也在昭示乡亲们追求美好生活的向往。幸福生活都是奋斗而来的，美好愿景都是一步一步营造出来的。油菜花迎春绽放追求的不仅是轰轰烈烈的仪式，而更注重的是开花结果，用小小的菜籽，酿造出飘香的食用油，滋润人们的幸福生活。

卖柴岭轶事

著名本土作家崔复生在世时，曾向我打听我家乡卖柴岭的事，谈起他与卖柴岭的一段情缘。

他说，1965年秋天的时候，他曾陪同《河南日报》记者袁漪，到过东姚公社冯举沟大队卖柴岭林场去实地采访。他对当时的大队党支部书记丁保林和卖柴岭林业专业队长、老支书李太福印象特别深刻。他说，像丁保林、李太福这样的党的基层干部，眼下恐怕是打着灯笼也难找了。

崔老关注的卖柴岭，是上世纪六十年代林县植树造林的先进典型，也是人民公社以大队为单位组织植树造林绿化荒山运动的一个缩影。

卖柴岭位于东姚南部的深山区，东与石大沟，南与淇河北岸的花地、花营、刁公岩接壤。站在卖柴岭朝南眺望，群山巍峨，绵延起伏，一览无余；汤汤淇水，自西向东，弯弯曲曲，像一条飞腾出山的蛟龙，明晃晃的水体逶迤几十里。曾经的刁公岩、花地、花营、土圈、寺坡脑村因盘石头水库蓄水，移民外迁，早已被波光粼粼的深蓝色水面淹没。

一晃五十多年过去了，崔老对卖柴岭的往事仍历历在目，记忆犹新。他说，那时的冯举沟，地处偏僻，交通闭塞，行走不便。从东姚集到村里，乘着汽马车也得大半晌。再从大队部登上卖柴岭，紧走慢走一天也就跑个来回。他说，他陪袁漪记者登上卖柴岭林场时，看到老支书李太福带领着二三十个青壮年，就住在破庙里和石庵里。一天只吃两顿饭，上午米汤蒸红薯，下午红薯糙米面窝头，生产生活条件十分艰苦。就是这样，他们硬是靠从淇河里一担担挑水，栽活了一棵棵柏树，绿化了一片片山头。

袁漪记者问丁保林，为啥选择卖柴岭这样的光岭秃山头来植树造林。丁保林无奈地说，大队山多地少，土薄石厚，望着南洋河（淇河），守着干旱田，眼睁睁地瞧着淇河没水吃，守着淇河种旱地。甭说浇地了，连吃水也得跑个五六里。祖祖辈辈面朝荒山背朝天，靠种粮没出路没熬头，只能靠山吃山，吃山养山。大队党支部研究提出了一个“山顶植柏树，山腰种果树，山下用材林，沟地保口粮”的植树造林长期计划，把卖柴岭作为实现计划的一个试点。只要卖柴岭能绿化成功，我们的长远目标就一定会实现。这样，老支书李太福自告奋勇，组织了几十人的造林专业队，决心大干二十年，誓让荒山变青山，旱地变良田。

崔老深情地说，那个年代，那种条件，基层干部们的理想和豪情真是气吞山河啊！他们说到做到，不放空炮，拼死拼活地为实现目标去努力，去实干，去奋斗！

党支部的计划就是党员群众的行动指南。李太福带领的造林专业队也立下了雄心壮志，发出了“上山容易下山难，绿化不完不下山”的豪迈誓言。他们吃住在山上，造林在山上，一干就是十几年。李太福是林县县南解放区第一批入党的老党员，因为年事已高，累得病倒了几次被抬下山来，病好了又爬上去。他们靠什么？靠的就是社会主义的远大理想，靠的就是集体主义的坚定信念；靠着坚韧不拔的毅力，靠着不知疲倦的劲头，靠着辛勤的汗水，硬是给光秃秃的卖柴岭披上绿装。他们为了什么？就是选准了植树造林这条路，坚定不移地往前走！通过植树造林，改造荒山，改变面貌，让群众尽快摆脱贫困！

卖柴岭的造林事迹得到县委、县人委的肯定，并树为全县造林典型，受到大张旗鼓的表彰。他们的壮举至今仍为人们所折服、所称赞。这也是家乡人有史以来最为荣光、最为出彩的事情。

崔老说，他和袁漪记者当时撰写了一篇很有分量的长篇通讯，题目叫作《卖柴岭的风格》，生动地记述了当年卖柴岭造林专业队的模范事迹，准备在《河南日报》刊发的。不知何故，这篇稿子被尘封在他诸多未发出去的稿件资料堆里。

崔老讲述卖柴岭的事，反映了当年农村基层党组织如何在一穷二白的艰苦条件下，勒紧腰带，战胜困难，千辛万苦寻求发展出路，渴望摆脱贫穷的悲壮场景，是真实的，可歌可泣的。只是现在讲这类故事的人越来越少了。

“斯人已逝，芳香仍在”。五十年过去了，虽然卖柴岭故事的主人公李太福、丁保林等人相继过世，但是卖柴岭还在，他们千辛万苦种下的柏树林郁郁苍苍，柏香四溢。卖柴岭的故事仍在延续着……

我一向崇敬崔老，不仅仅崇尚他做人做事实诚、认真和执著，更重要的是他始终生活在基层群众中间，站在人民的位置，为人民代言，当人民作家。可以说，他的足迹遍布太行山山水水，村村落落；他的胸中装满了像卖柴岭这样成千上万个故事。只是他还没有来得及一一道来，就匆忙地走向了人生的远方，留给了人们一件件耐人寻味的轶事。

话说白云山

白云山是家山。以白云山为轴心画圆，半径十公里之内，就涵盖了整个东姚镇。东姚镇域内外几十个村子就拱围在白云山的周围，犹如母亲拉拽着一群孩子。

从小的时候，我就知道白云山是母亲山，就像山东乳山的乳头山一样。这是祖辈言传身教、耳濡目染流传下来的。至于最早追溯到哪朝哪代，我说不清楚，恐怕乡里乡亲、男男女女、老老少少，也很少有人说得明白的。但是，我打小时候起，对白云山印象就非常深刻。因为，家中逢年过节或遇见大事或外出前，奶奶或母亲总会蒸上花糕，取上黄裱，带上炮仗，不远八里十里，攀登白云山，去祈祷上天老奶，驱祸接福，保佑平安。

几年前，王明启、路江学在东姚镇做书记、镇长时，浓墨重彩地进行白云山景区建设，要搜集整理有关白云山的文史资料，并委托下庄村名仕郝顺才先生担纲此项要务。他历经一年艰辛努力，终将有关白云山的文史资料结集成册。在《白云山》一书脱稿之际，郝顺才老师邀我为《白云山》作序，我欣然应允。我也想借助《白云山》这一平台，抒发一下我的家山情结。

白云山是母亲山。自有人类在白云山一带出现后，白云山就成了这一带人们千秋万代繁衍生息的依托。随着时间的延续，人类的进步，白云山又为这片土地上生活的人们演绎出厚重的地域文化，这种文化逐渐地影响到人们的日常生活，影响到这一地域的社会和经济发展。

白云山是一部地域性的历史长卷，她记录着这一带所发生过的事情，包括自然变化、朝代更替、时事变迁、儒林神话、佛道传承、人物迁徙、战争灾难、人间烟火。白云山的内涵将思想的、文化的、政治的、经济的、社会的都包括了。而且记载形式也丰富多彩，有殿宇，有牌坊，有碑记，有崖刻，有神话，有寓言，有诗词，有散文；有文字记载，有口头传唱，有形的，无形的，把家乡的事情从古至今记录得一清二楚。

白云山培育了一方朴素的精神寄托。随着历史变迁，人类进化，人们渐渐不满足于简单的劳动生活，生产生活过程中出现诸多矛盾，使人们产生了不同的精神需求。这给宗教传播提供了天然的土壤。道、儒、佛思想的传播，解释了人间许许多多郁闷的心结，化解了许许多多人与人之间的矛盾。人们在求子、求婚、求财、求学、求健康、求成事、求平安等方面有企求了，就会诉求于白云山；人们在生活中遭遇了灾难、困难、挫折或蒙受了冤屈、委屈，也会诉求于白云山，毫无保留地道出原委，提出诉求，祈祷、许愿，求得心理上的宽慰和平衡。事情想通了，心理平衡了，矛盾也就随之化解了。

白云山是多种文化集合、传承的载体。劳动创造了人类，人类创造了历史，创造了需求，包括对信仰的需求。白云山的存在是客观的、历史的，且存在具有一定的合理性。白云山之所以在人们心目中有地位，是因为她奉行的为庶民能够接受的普世价值理念。白云山历经千年，形成了道、儒、佛文化传承的集散地。好比今天的市场，人们根据不同的需求，到不同的市场里去买回所需要的东西，从而满足人们日常生活的不同需求。白云山之所以能够持久地影响人们的思想，影响人们的行为，是因为白云山运用不同的文化手段，从不同的角度，以不同的表现方式，宣扬着忠、义、仁、孝，劝诫人们弃恶扬善，维护公道，并将颂扬的内容以牌匾、碑文、崖刻等形式大张旗鼓地宣扬，告诫人们哪些事可以做，哪些事不可以做。用一种浅俗的理念，规范着人们的思想和行为，从而起到维系社会伦理道德、平衡稳定社会各种关系的作用；白云山之所以受到世代敬仰，深入人心，还在于她巧妙地整合了道、儒、佛文化资源，形成了普世受益的文化概念，而这种概念在人们心中已经潜移默化，使人们虔诚地、自愿地接受并领悟到其真谛。

尽管如此，白云山还是摆脱不了其浓重的乡土气息。就其文化底蕴而言，仍需进一步整理、发掘，使其文化内涵更加系统，更加丰富，更加完美；就其文化形体而言，仍需进一步地规划、雕筑，使其外在形象更加厚重、壮观、典雅。

人们对白云山寄予了更多的期许。

响泉又开了

响泉又开了!——生活在老家的哥哥显然有些激动，他第一时间打电话，把这个喜讯告诉了我。

他知道我很喜欢响泉，和乡亲们一样，从小就享受着泉水的滋润，对响泉有着不解的情结。

前些年，我写过《梦回响泉》的短文，叙述了自己幼时对响泉的依赖，对响泉的感受，对响泉的印象，唤起了老家同龄人们的幸福回忆。

乡亲们纷纷给我打电话、发信息，说你不提小时候老家的事，我们还真忽略了，你一提响泉，又勾起了我们对老家的许多回忆，你对小时候老家的事记得可清楚了。我们都老了，是该坐下来，叙叨叙叨小时候的事情了。不然，我们这茬儿人眼睛一闭，庄上的故事可就断续了。

乡亲们这么一说，对我产生了很大启发。是啊，庄上的故事是该忆一忆、讲一讲、叙一叙了，不然，村庄文化随着城镇化、空心化，就成了无源之水，乡土文化的接续与传承就断档了。

这么一想，竟然思绪万千，夜不能寐。压力和责任结伴而来!

我寻思着，村庄文化，正在随着社会变革、城乡变迁、人口流动而黯然失色；村庄形态正在退去，乡愁记忆愈发淡漠，传统文化正在流失。犹如滔滔江河中的一叶轻筏，孤帆远影，渐行渐远。面对此情此景，我们靠传统文化滋养成长的炎黄子孙，怎能熟视无睹，放任漠然呢！

于是，我想从我们庄子，从我们丁氏家谱的征编做起，将庄上点点滴滴、零零碎碎的关于人、关于物的碎片拾掇起来，系统起来，来印证先祖繁衍生息的不朽功绩。

我们庄子是子母庄，清一色丁姓，谓之丁家庄，是林州丁氏始祖丁守己所立。明末时，他携长子自成，自临淇佛手峪迁于此地安家立庄，繁衍生息。至今已经有四百多年。

清光绪二十五年，天祖丁啟贤（国子监）和丁文渲两人合作，用棉纸、毛笔，一笔一画编撰誊写了《丁氏家谱》，为林州丁氏后人留下了唯一宝贵的文化遗产，距现在已经一百二十多年了。

这一百二十年间，先辈们或因朝代更替，世事移易，战乱灾荒；或为生活所迫，迁徙流离，无暇顾及家谱续写，导致村庄文字记载中断，人证物证灭失，口传模糊，出现了隔世隔代衔接、世系表述之困。面对此窘迫的情形，若我辈仍无动于衷，那村庄记忆和家谱文化真的就永远失忆了。

因而，一百二十年后的今天，征集编撰家谱，就成为极为重要的紧迫的抢救行动！

组织征集编撰家谱，是一个不小的系统工程。需要人，需要钱，需要时间，需要精力。

家谱是宗族文化的灵魂和载体。

以征编家谱为契机，将千万个素不相识的族人动员起来，组织起来，积极参与到家谱征编这项事情当中来，是这次征集编撰工作的成功经验。

修谱的过程使我更加感到，做任何事情，只要思想统一，认识一致，目标明确，相向而行，哪怕困难再大，问题再多，也没有攻不破的难题，没有办不成的事情。

经过两年多的精心策划和艰苦细致的工作，家谱征集编撰工作顺利完成，《林州丁氏族谱》圆满成稿出版。

问渠那得清如许，为有源头活水来。村庄文化要像源远流长的清溪，根因在于不竭的源泉。在乡下，在乡亲们眼里，古朴的村落，弯曲的胡同，典雅的四合院，一眼井，一盘磨，一汪泉水是难舍难离的乡愁。而家谱和祠堂，则是乡愁和乡村文化传承的根和不竭的源头。

在庄上，响泉即是乡愁，即是文化，即是乡野文化生生不息的源泉。

红薯稀饭最养人

我们这代人自打一生下来，就是吃着红薯喝着米汤长大的。

现在医家说红薯和小米都是好东西，是健康食品，说红薯在二十几种防癌抗癌的蔬菜食品里功效排在第一位。因此，乡亲们宁愿苦些累些，也要上山种红薯种谷子。红薯一刨出来谷子一脱糠就有人买走，而且价格比麦子比玉米都贵。真是三十年河东三十年河西呀！

做梦也没有想到，从五十年前就爱吃的红薯爱喝的米汤，到现在还是好东西。想起专家们评说的红薯小米对人体的妙处，对健康的益处，就觉得自己的饮食偏好是歪打正着，正赶上当下的饮食潮流。一度被人嫌弃的红薯和小米饭，又成了受欢迎、受追捧的健康食品、桌上佳肴。

爱吃红薯爱喝米汤，不是我们自己小时候就有先见之明，而是那时候的客观条件形成的。

家乡土薄石厚，山多地少，又没有水，靠天吃饭。种玉米、种小麦一季儿下来，好年景一亩收成也就百把斤。沟堰地、山坡地都插边插沿儿地种着红薯和谷子。红薯和谷子既是家乡主要的农作物品种，也是父老乡亲赖以生存的主要食粮。

种谷子和种红薯都是地头活儿，在时间上也能错得开，庄稼人不显得咋忙。

种红薯的活儿简单。惊蛰一过开始育苗，清明过后插秧栽种，夏天锄锄草，翻翻秧，直到秋收基本完了，才开始出红薯，农活儿不复杂。

种谷子可就不简单了。谷雨一过，布谷鸟一叫，乡亲们就开始着手准备着耩谷子。等小苗出来了，谷田管理就得跟上，谷地扔三天不管，那谷苗杂草可就分不清了。因而，谷田管理一晌都不能落下。擢小苗可是细活儿，《朝阳沟》里拴保手把手教银环锄地的把式全都能用上。锄去杂草，锄去瘦苗，三株一撮，五株一撮，五寸间隔。既把谷苗擢得眉清目秀，还锄了草培了土。谷子从耩地到收割，要经过间苗、保墒、追肥等多个环节，是个累人的农活。

早秋收割谷子，霜降了才刨红薯。风调雨顺了，一亩谷子收个二三百斤，一亩红薯会收个两三千斤。

小的时候，母亲是眼巴着秋天这一季。因为，冬天春天没啥吃，我们兄弟姊妹几个都是瘦巴巴的。直等到中秋过后，谷子下来了，红薯下来了，一直到来年春天，一冬一春，我们都是以吃红薯喝米汤为主。小米加红薯，养人。兄弟姊妹们个个都吃得脸上的皮肉紫微微，紧绷绷，明晃晃的。看到这样子，母亲才觉得脸上有光。

“红薯汤红薯馍，离了红薯没法活”，“早上糠中午糠，晚上稀汤照月亮”，是小时候饮食的真实写照。即使是这样，母亲说，比起旧社会逃荒要饭也不知要好上多少倍。

小时候，家门口儿外的开阔地便是饭场。一天早晚两顿饭，邻里邻居都会不约而同地端着饭碗到饭场。谁家伙食好了赖了，在饭场一目了然。我喜欢看那些大人们早晨吃饭。一到八九点，冬日的暖阳直射到大门外饭场的西墙上。老少爷们儿便陆陆续续从各自院子里走了出来，聚集在阳光照射的墙壁下，左手端着大碗，右手端着小筐，一色的红薯米汤。小筐里盛满了紫微微的红薯，碗里则盛满着酸菜米汤。

从这个阵场儿上，只能看出谁的饭量大小，却看不出伙食的差别。

我亲眼看到过那些叔叔们、大哥哥们吃红薯的比赛。看似就是平常吃饭，实际上其中也藏着难以预料的风险。若遭遇干面干面的红薯，会出现吞咽困难，一旦噎着缓不过气来，那也是让人干瞪眼没有法子的事，搞不好还会弄出人命来。我是从没勇气去冒此风险的。

把红薯加工成各色食品，粗粮巧做细吃，也是乡亲们的创造。红薯下来后，有两种加工办法：一是切片晒干贮存。之后，用石碾子碾成红薯面粉，做食物时可捏成疙瘩、糠窝，烤成饼子，擀成面条，压成饸饹条，当作主食；二是鲜红薯直接磨成粉子晒干贮存。之后，红薯粉子可加工成粉丝、粉皮，打成凉粉、蒸作皮渣，当菜吃。不种蔬菜，只要有红薯就啥都有了。

母亲为了调理我们的胃口，经常变着法儿将小米做成小米清汤、小米稀饭、小米稠饭、小米捞饭、小米干饭、小米炒饭、合谷饭等；感冒了，就把小米、黑豆放在铁锅里炒一炒，然后放进葱胡、葱白、芫荽根、白萝卜片，熬制成药膳炒米黑豆汤，喝上一大碗，钻进被窝里，蒙头睡上一觉，发出一身臭汗，感冒就好了；夏天上火了，酷热难耐了，要防暑降温了，母亲会用小米、绿豆各半，熬上一锅绿豆汤，熬好晾凉，干活回来，痛饮一碗，立马消暑。

从小养成的饮食习惯一辈子都难改。

我高中毕业从家出来，去工厂当临时工，在厂里挣的是工资，回队里还得换成工分，吃的还是红薯、小米、萝卜、白菜。离开这四样，饭就没法做，生活没法过。一直到二十世纪末，生活条件好了，吃的东西丰富了，可我还是离不开这老四样。

母亲在世时，在老家住得多，我得个空闲就回去看望她，陪她吃顿饭。回家前总会打个电话，报上饭。母亲问：想吃啥？我会说：红薯稀饭。母亲熬米饭时，除了煮红薯，还会放进些干萝卜条、干扁豆角、玉茭麦糁粒，快熬熟了再放些杂面条。我会一口气吃上两大碗。母亲看我吃饭时，会露出得意的笑容。

实际上，回去也没事儿，就是隔几天想吃上一顿母亲亲手做的红薯合谷饭！

窗外瘦竹

窗外有一片空闲之地，足足片席之大，我便移栽了几棵瘦竹。

历经了十几年的日月交替，四季变换，风雨洗礼，房子已尽显沧桑，瘦竹却依然葱郁苍翠，宛若壁立于窗前的一面绿色屏风。真可谓："斋居栽竹北窗边，素壁新开映碧鲜。"（唐·令狐楚）

这是一种有意无意间的获得。没成想，瘦竹在这般条件下，却造就出如此非凡的景致来。因为，在我的想象中，随意种下几棵竹子，意在对窗外空闲之地稍作点缀，添些绿色，却从未预设过有这样清雅的效果。

我居所窗前的那簇竹子，确实有点瘦气。那是因为窗前席片大的园子，坐底于一片混凝土之上，土层只有尺余厚度，水土不沃，根系浅薄，竹子的根部很难深入到厚重的土壤之中去，只能将根系植于一个浅浅的土层且生硬的平面之上。

竹子性寒喜水，适宜生长在阴湿之地。我所见过的竹子，大多挺拔笔直，高挑耸立。倘若这簇瘦竹是生长在江南山水之间，应着好山好水的滋润，那便是碧波荡漾的竹林竹海了。

然而，我居所窗前的这片空地，却是土薄干燥，墙头风口。竹子生长在这里，着实是憋屈委婉了。尽管如此，瘦竹极像生活在贫困地区的芸芸众生，以其顽强的毅力，与生存的困境博弈抗争，唯求生命长度的延伸，极尽所能地保持着苍劲的姿态。

我一直以为，窗前的竹子生长成眼下这种姿势，已经是给足了我面子的。因为，欲将取之，必先予之。而我予之甚少，却欲妄取之多也！

即便如此，瘦竹也没有因予之甚少而表现出对生存环境的嫌弃，而是应着四季的变化而显露出峥嵘秀色。

春天，瘦竹新芽蓬勃而出，风摆绿叶，在呼唤着雨水充沛的夏天；夏天，瘦竹枝叶苍翠欲滴，茂密茁壮，巴望着天高气爽的秋天；秋天，瘦竹枝干硬且挺直，准备着承受冬天冰雪的重压；冬天，瘦竹冒着寒流，被积雪重压，弯而不折，以积极的态度迎接着春天的到来。

其实，瘦竹对旱象的耐受是极有限的。当着缺少雨水沐浴，稍长时间，碧绿的叶子便会枯萎蜷缩，看上去极让人心生怜悯。

瘦竹也有其极伟岸的一面。当着遭遇狂风、暴雨、暴雪袭击时，它却英勇顽强地应对着风暴的肆虐，摇曳而不曲，弯弯而不折。挨过风暴袭击之后，它又恢复至笔挺的状态。

我的庭院也因竹而雅致了许多。我欣赏春风轻拂时，瘦竹随风摇曳的样子，那细长的叶片犹如淑女秀发，伴着徐徐和风飘逸洒脱，焕发出阵阵青春的气息；我更喜欢月光清辉下，透过微微闪动的竹梢，遥望碧空中的皓月，便会有了一种空灵的视觉；瘦竹之旁，摆上一张茶桌，沏上一壶茗茶，赏月，观星，静思，便有了一隅僻静独处的氛围。

我时常面对这簇瘦竹，思绪复杂而悲情。瘦竹也是竹，既然已经将瘦竹植入，做了瘦竹的园子的主人，享有了瘦竹带来的雅致，何不给予瘦竹应有的土壤及水肥条件，让瘦竹茁壮起来呢？

有人说，竹子是有品性的，或许与庭院里生活着的主人的命运与颜值相连着。

我的同桌

一

同桌的你走了，我不意外。因为，我知道，你既然选择了要走，谁也拦不住的。

只是，你的选择，我心里十分清楚，你是一万个不情愿的。但是，走是迟早的事，你的亲人，你的朋友，你的医生，只是不愿看到你走得匆忙，走得痛苦。

你在与癌症搏斗了半年多时间后，无奈之下才住进了人民医院。我和瑞林、明亮、保芳得知后，赶往医院去看你，你说话底气还足，只是明显消瘦了。你说，到了说修墓、买棺材的时候了。趁着头脑还清，你们都在，我把后事说一下，托付给你们了。你还说，能不能把咱老同学都叫来，见个面，搞个告别仪式。我死后，就不用来了。我说，你是在电视上见到过吧，那是在演戏！哪有那么浪漫！

在你弥留之际，我们又去看你。我问你："痛苦吗？"你说："不痛苦。"其实，我心里十分清楚，你选择嘴上说"不痛苦"，是你把痛苦压在那饱受煎熬的心里。此时此刻，你仍在顾忌，生怕将自己的痛苦转嫁为别人的痛苦。

二

半年之前，大约在春节前一个月，你老伴香兰和孩子给我打电话，说你在北京肿瘤医院查出了贲门癌晚期。你这突如其来的病况，确实令人深感震惊和意外。电话中得知，其实你面临着两难抉择，一是刚刚做过心梗手术，放了两根支架还不到一个月，是因为意外吐血，做检查时才发现有癌症的，而且，已经是第四期了；二是且不论癌症四期能否手术，单从技术角度讲，心梗和外科手术是相互影响、相互掣肘的，也着实难住了大夫。当时，你对你的病况并不知情。面对这种复杂的难题，你的老伴和孩子寄希望于你的老同学，赴京去破解这个生命攸关的难题。

在去北京的高铁上，我和瑞林反复研判如何让你正视这种难以承受的沉重议题。我们认为，面对患上不治之症的患者，无非有三种方法：一、用善意的谎言隐瞒病情，用这样的方式减轻病人精神压力；二、遵循医嘱，配合治疗；三、将病情原原本本告诉病人，让病人正视现实，从容面对。第一种办法显然是不管用的，因为，病在你身上，你的知觉比谁都灵敏，瞒是瞒不过你的。如果你也将计就计，只能是双方各自在欺骗自己。第二种办法，我们在动身之前也咨询了几位专家和同类病人。专家说，癌症四期要治疗即化疗，别无选择。病人说，化疗即痛苦，或加速死亡；与其说化疗是个治疗的过程，还不如说化疗即是痛苦的过程。化疗在杀死癌细胞的同时，也杀死了好细胞，导致免疫力急速下降，从而也缩短了存活时间。当然，这只是患者及其家属对过往的隐痛之说。这些类似的案例，往往影响着患者对治疗方案的选择。第三种办法就是明白无误地将病情实况告诉患者，共同选择治疗方案。我们根据你的脾气、性格和承受力，在与你的老伴和子女充分沟通后，选择了第三种办法，如实告诉你病情，共同讨论治疗方案。

你佯装轻松地接受着这一残酷的现实，你清楚，这意味着什么。

你开始怀疑北京肿瘤医院的诊断结果是否有误，我将诊断资料发给广州医科大学胸外专家邵中夫，请他远程诊断，他肯定了北京肿瘤医院的诊断结果。

然后，你又寄希望于肿瘤治疗方面的中医专家，能否用中医中药治疗你的病痛。为此，我们陪你一同赶到承德的一家专门治疗肿瘤的中医诊所。大夫通过看你的病历，望你的形色，听你的病史，问你的现状，切你的脉象，最后劝你还是回北京治疗。你和老伴默默走出诊室后，我们再三向大夫求索中医治疗方案，大夫说：真的没有好的方子了，以提高生命质量为主吧。我们追问：病人还能存活多久？“半年！”大夫恳切地回答。

在承德，在避暑山庄大门前，尽管天寒地冻，身上裹着厚厚的羽绒服，你还是拉住我和瑞林说：“来，我们老同学合个影吧！”

三

“提高生命质量”，这是关于你今后一段时间生活的一个重要定义。我们一直在酝酿讨论，如何提高你的生存质量，如何正确处理好治疗与医养和提高免疫力的问题。

你说，没有大不了的，不就是去另一个世界吗？都想开了，父母都是五十来岁就走了，我六十二三了，生命长短无所谓。你们可以放开谈谈关于我的后事了。接着，你就谈了关于墓地问题，关于棺木问题，关于老家旧宅的修缮问题。

我们拦住了你的话题。我们要和你交流的，是你对病情的态度，如何治疗、如何减少痛苦、如何提高生命质量的问题。而你，却直接切入了后事问题。这说明，你的情绪是低沉的，消极的，缺乏信心的。

我们开始了从古至今，从上到下，从远到近，从伟人到庶民的病患者案例的分析和解读。我们讲了敬爱的周总理与癌症作斗争的事例；讲了一些患者加强运动，促进新陈代谢，战胜癌症的先例；还讲了有些患者坚持食疗，增强免疫力医治癌症的范例。所有这些，目的在于，让你从内心深处明白这样的道理：患上重症不可怕，关键要有一个平和的心态，树立战胜病魔的勇气，科学合理安排接下来的自我修复活动。

我们还直白地讨论了如何正视和对待死亡的问题。讲了战争对人类残酷的毁灭；讲了自然灾害对人类无情的吞噬；讲了无数仁人志士在遭遇不测时，视死如归的伟大情怀。讲这些看似不着边际的大道理，目的还是在于，让你卸下精神包袱，消除内心纠结，从容面对现实。

我们甚至建议，北方天冷，不易代谢，可以考虑到海南过冬，一来换换环境，减少交往，保持清静；二来吸吸新鲜空气，晒晒太阳强光，有利于新陈代谢。

你显然是接受了我们苦口婆心的说教。你显得轻松多了，你主动说服亲人，放弃了化疗，主动安排有品质、有情调的生活，把自己完全放入一种安然的、平静的状态中。既为自己减了负，也为子女们减了压。

今年春节初一下午，我和庆林去你家看你，一进门看到了热闹欢乐的场景。你家亲戚朋友十几口人，正在演唱折子戏。你拉着二胡，你的一担儿挑拉着板胡，你老伴香兰正在演唱《朝阳沟》里上山下山选段，你显得很认真、很投入、很开心。这种家庭氛围，我感觉不到你会有什么压力的。

四

你表面上大大咧咧，说话随意，实际上你是个有大智慧的人，忠厚实在的人。你的智慧和实在，不仅表现在你处理自己事情的态度和方法方式上，更多地体现在工作上和同事之间合作共事当中。

你读高中时，数学就学得好，而且很轻松，时常是高分或满分。上大专时，你又是学的数学。所以，你的逻辑思维能力是比较强的。

1980年，你安阳师专毕业后，被分配到县城五中教学，在县城成个家，对你来讲，是个不错的选择。但你考虑到自己是长兄，牵挂弟兄姐妹，考虑到反哺家庭，你决定离开县城，返回东姚中学教书，挑起家庭重担。

我们真正在一起工作共事，只有在陵阳的三年时间。那时，陵阳开发区、陵阳镇正处于创业阶段，工作任务异常繁重，工作生活条件十分艰苦。你觉得，能够到陵阳工作已经非常满足，你十分珍惜在一起的工作机会，急事、难事、麻烦事，你总是一马当先，身体力行；你对组织忠诚，对同志厚道，对工作负责，敢于担当；你吃苦耐劳，任劳任怨，从不计较个人得失；你相信群众，依靠群众，有方法，接地气，基层工作经验丰富，在基层干部群众中享有较高威望和良好口碑。

我对你的要求有时是近乎苛刻的。班子会上，就城建城管方面的工作，我往往会突然向你责难，弄得你时常下不了台。我有早起转街的习惯，有一次，在陵阳大街，我发现清洁工将尘土扫进下水口里。我立即给你打电话，让你自带锨和扫帚，亲自清理堵塞下水口的垃圾。你来了，带了锨和扫帚，对下水口进行清理，锨伸不进去，你就趴下用手挖。此后，再也没有出现过清扫垃圾堵塞下水口的现象。对此，你毫无怨言。

陵阳是白手起家的，一条路，一条街，一座桥，一盏路灯，一片绿地，都要从零做起。你在很长一段时间里，分管基础设施建设和城镇管理，经常是风里来雨里去，一身尘土两腿泥巴，脚踏实地工作在工程建设第一线。

于细微处见精神，你的优秀品质体现在你点点滴滴的工作和生活之中。

用伏同志，你的聪明才智，你的心血汗水，集中释放在洹水两岸，在那里已经结出了丰硕的实践之果！

谨以此文献给我深切怀念的同桌的你！

皈依家山

一

家乡的山，北起白云，南入淇水，峰峦起伏，绵延十里。它既是太行山东麓向平原过渡延伸的一缕褶皱，又是白云山伸向淇河一脉相承的逶迤峻岭。

家山的走向大体为南北走向，以故乡村庄为坐标，家山分为东岭和西岭。西岭为白云山从北向南的延伸，凸显的峰峦从北向南分别叫作鸡冠山、笔架山和马山，恰如一条蜿蜒的长龙伸入汩汩东流的淇河；东岭则北起洹水，南接淇水，南北竟有五十余里。在村子向北大约五里的地方，东岭与西岭各分支出一道岭脊在此相交，形成了东西岭环抱合围之势，构成了洹河流域与淇河流域在这片区域的分水岭。分水岭以北是东姚古镇的微丘盆地，属洹河流域；分水岭往南缓缓下降十余里的山峦沟壑，便属于淇河流域了。其实，无论是洹河还是淇河，都是发源于太行山，向东流入卫河，最终汇入了海河。家乡就是这样一幅山水景象。家山就在这样绵亘的层峦秀水之中。

二

家山之于我，无疑是发育成长的襁褓和摇篮。

我之于家山，则永远是一个嗷嗷待哺的婴幼儿。

我生命的全部源于家山，是家山无私无欲地哺育了我。在“吾十有五而志于学”的志学之年，我随家庭迁徙别地，暂别家山，谋生求学。但是，我的暂时离开只是形式上的别离，我的基因密码，我的灵魂，我的附体以及我来到这个世界上的第一印象、世界观念、文化基因在家山中早已锁定；我的言行举止无不打上了家山的地理标志，标注上了鲜明的地域印记。

先祖与家山有着血浓于水般的联系，家山的山山水水间，留下了先辈们一串串劳动和生活的烙印。据《林州丁氏族谱》记载，三百多年前的明朝天启年间，先祖自山西洪洞大槐树下，迁徙至林虑山东麓的淇河北岸，在群山僻壤间栖息安家，开山拓土，遇沟壑置田地，择阳坡筑村落，营造了族人们繁衍生息的生存环境，造就了厚德载物的毓秀之地，哺育了一代代爱国爱乡爱山爱家勤劳朴实的家山的儿女。

三

家山的物质蕴藏是极丰富的。生物的多样性，满足着各种生命体的多样性需求。

在崇山峻岭上，在沟壑河谷间，生长有几百种草本、木本植物，如同迷彩色的外衣，将山体包裹得丰满而富态，既有供人们吃喝的谷物、菽麦、山果、茎叶、蔬菜；又有治疗人畜疾病的丹参、黄芪、山药、远志等上百种中药材；还有取之不尽用之不竭的薪炭林木，为人类提供了建设、燃炊、取暖之用。在植物的包裹下面，蕴藏着巨量的石灰石、白云石、钾长石等矿产资源，静待着国家提供体现价值的平台；而且山上石崖石坡、嶙峋的奇峰奇石遍布，也是美化打造城镇园林的不可多得的工艺美术材料资源；山崖下沟谷底泉水叮咚、溪流潺潺，秀水灵气怡人，为家山平添了无穷的自然的、人文的景观和谚语文化故事。

家乡村庄坐落于家山的怀抱里，被家山抱着、搂着、揣着，像个长不大的孩子，尽管历经沧桑。除了年轻一代的生活方式、环境卫生发生改变外，村容村貌、胡里胡同、石岸石墙、石柱石房、石门石院、石碾石磨、石路石桥、石板石蹬等并没有多少改变。老人们还是扛着锄头，担着箩头，日出而作，日落而息；还是在山坡薄地里精耕细作，种谷种豆，种红薯种萝卜，种扁豆种南瓜，自种自收，自食其力，丰衣足食；还是烧柴火，蒸红薯、熬稀饭或是喝炒米汤、小米稠饭；还是夕阳余晖上东坡的时候，家家户户飘出袅袅炊烟……

四

家山的静与动始终处于一种自然平衡和永续状态。宏观上观家山，如佛若道，时常处于一种静的状态。实际上，却在持续不断地积蓄着新的动能，孕育着新的生机。

千百年来，家山孜孜不倦地变换着姿色，春夏秋冬，周而复始。简单地重复着一个个轮回，机械地复制着四季变换。无论是山花烂漫的春天，还是碧绿苍翠的夏天，无论是五谷丰登的秋天，还是冰天雪地的隆冬，家山都以不变应万变，从善如流，坦然自若。

自然而然、宁静致远是家山保持的常态。在沉稳平静的状态里，释放着人间的烟火气，培育着人们的精气神。雄浑伟岸的山体架构，是支撑家山灵魂的铮铮傲骨；虎踞龙盘的道道山梁是家山不畏艰难险阻的浩然正气；生机勃勃的条条沟壑是家山容纳万物的博大胸襟。

家山虽无言语，然非无声无息。徐徐和风是带给人们生命的气息，漫漫绿野是带给人们生命的希望，叮咚泉水是家山灵动的回音，涓涓流淌的小溪是家山优雅律动的谐奏，层层梯田是乡亲们辛勤劳动的账簿，错落有致的村落是历史的宏大叙述和守望。家山中的石，家山中的水，家山中的草，家山中的木，家山里的蝉，家山里的鸟，家山中所有的生灵，都是在静态中孕育，在动态中生长，无不经历动静循环往复的发展过程。

五

家山对万物的博爱体现在对一切生命体的珍视与呵护。对于一切有生命的物种，包括动物、植物、生物和人类都虚怀若谷，不分亲疏，不分远近，不分贵贱，不分教派，不分政见，均平等爱之予之。

家山对一切事物的平等、博爱、自由精神，真正体现了其面对一切、包容一切、惠及一切的普世价值理念，这是世间已有的思想、观念、思维所无法比拟和无法取代的。

家山是一部百科全书，年轻时读它薄，年长时读它厚。“横看成岭侧成峰，远近高低各不同”，从不同角度看家山，都是那么博大，那么伟岸，那么高深莫测。从古至今，家山让人们读了千万年而永远读之不完。它依然是那样虚怀广阔，那样乐于奉献，那样诲人不倦，总是毫不吝啬地把丰富的宝藏给予热爱它的人们。家山坐如佛，智若道，识过儒，寓真善美于一体，集精气神于一身。承载了自然生态、原始文明、农耕文明、现代文明所积淀的厚重文脉。

六

儿时上山走过的羊肠小道、路径并没有多少改变，只是草木茂密了，人脚稀少了。荆棘丛生里已难以找到过去走过的踪迹，镰刀砍、棍棒拨，方可找到儿时踏在铺路石上的脚印痕迹，这会让人兴奋，让人回味。因为，在这上山下山的羊道上，存留着一代代人的记忆，锤炼过自强不息的精神，厚积着浓浓的家山文化。

生于斯，长于斯。我的生命与家山相连，灵魂与家山相牵。家山哺育出的儿女，无论是走南闯北，浪迹天涯，或从政，或从商，或从学，或从军，或功成名就，或失败落魄，都会叶落归根，回归家山。尤其在命运遭遇劫难时，家山会一如既往地张开慈母般的胸襟，将你揽入温暖的怀抱，给予你至亲至爱的疼爱和抚慰。家山是真实存在的，可亲可爱的，可依可靠的。无论世事如何变化，世间如何变迁，家山都永恒地、稳稳地、平静地在那里等候着你。

记住乡愁

一

乡愁是郁郁葱葱的山坞，是隐隐约约的村庄；是曲径通幽的胡同，是高低错落的旧房；是青砖蓝瓦的宅院，是摸手低矮的柴房；是砖雕石刻的门楼，是花棂糊纸的户窗；是碾粟碾米的碾盘，是磨粉磨面的磨坊；是咯咯噔噔的驴车，是呼呼啦啦的风箱；是吱吱扭扭的辘轳，是垛垛麦秸的麦场；是层层叠叠的台阶，是人来人去的饭场；是村口守候的石狮，是香烟缭绕的庙堂；是静静细流的清溪，是晚起朝落的月亮。

二

乡愁是磕芝麻，乡愁是磨油坊；乡愁是拔萝卜，乡愁是腌菜缸；乡愁是摘红枣，乡愁是采蚕桑；乡愁是刨红薯，乡愁是磨粉浆；乡愁是晒出的一杆杆粉条，乡愁是墙上的一挂挂枣香；乡愁是摘柿子，乡愁是晒柿糠；乡愁是爬在坡上的南瓜，乡愁是扯满房坡的豆秧；乡愁是满山红遍的黄楝树，乡愁是沟沟壑壑的红高粱。

三

乡愁是儿时抓获的蝈蝈，乡愁是路边逞能的螳螂；乡愁是男童推着乱跑的桶圈，乡愁是女童跳绳子的悠扬；乡愁是儿时赶石蛋，乡愁是儿时玩木枪；乡愁是男人手中甩出的响鞭，乡愁是女人巧手缝补的衣裳；乡愁是耧犁锄耙，乡愁是扁担箩筐；乡愁是黄牛犁地，乡愁是担水插秧；乡愁是割谷子扒玉米，乡愁是借着风势扬场。

四

乡愁是依稀可见的红色标语，乡愁是家家户户将主席像挂在中堂；乡愁是贫下中农得解放的笑脸，乡愁是集体主义焕发出的光芒；乡愁是生产队响彻山谷的钟声，乡愁是高音喇叭里的歌声嘹亮；乡愁是五谷丰登社员们脸庞的喜悦，乡愁是集体劳动时又说笑又竞赛的劳动景象；乡愁是一毛钱就能看病的合作医疗，乡愁是五毛钱就能进得去的学堂；乡愁是一毛钱就能吃得一顿饱饭，乡愁是二毛钱就能买到一斤麻糖；乡愁是八块钱就能买上一根檩条，乡愁是一千元便能盖起一座新房。

乡愁是同工同酬，乡愁是共同理想；乡愁是团结友爱，乡愁是互助互帮；乡愁是夜不闭户，路不拾遗，乡愁是学习雷锋，道德风尚；乡愁是毫不利己，专门利人，乡愁是为国贡献，积极向上。

五

乡愁是大锅饭，乡愁是老锅汤；乡愁是小米饭，乡愁是炒米汤；乡愁是扭秧歌，乡愁是秋月亮；乡愁是耍社火，乡愁是闹洞房；乡愁是大年初一大伙一起去拜年，乡愁是清明节里百里千里回家祭祖上香；乡愁是传承百年的四合院，乡愁是不离不弃孤独守望的亲爹亲娘……

淇园即事

汤汤淇水，悠悠万事。对生活在淇河流域的人们来说，淇河是母亲河，是滋养生命的乳汁，是记录人们生产生活、繁衍生息、社会变迁的一部历史叙事。

淇河源自太行山深处的棋盘山下，峡谷幽深，泉涌汩汩；诸泉集合，汇流成溪；蜿蜒盘旋，峰回水转；出山入川，一路朝东。进入临淇小盆地后，弯弯绕绕，缓缓东去，像一条温顺的青龙，在峰峦叠嶂中或湍流，或憩息。流至峡谷出口的盘石头时，大坝突起，将出谷的淇河断然截流，汇聚出高山平湖，碧波荡漾，溢满峡谷。而后飞泻直下，化作滔滔波浪，向着无垠的旷野而去。“屏居淇水上，东野旷无山。日隐桑柘外，河明闾井间。牧童望村去，猎犬随人还。静者亦何事，荆扉乘昼关。”唐代大诗人王维《淇上田园即事》，更是将当时淇河的山水人间描摹得淋漓尽致，日月星河，绿水青山，松竹连绵，石头茅屋的民居村落，或隐于桑柘茂林，或映于绿水河面；与炊烟、与山峦、与田园、与耕耘、与牧童，相映成趣，如诗如画，好一派淇上田园风光。

二十一世纪以来，因经济发展和社会变革而引发了淇河的嬗变。在淇河中游，盘石头水库的建成蓄水，扩展了淇河水库蓄水水域和覆盖面积，形成了广阔的淇淅河生态湿地，不仅改变了千百年亘古不变的流域形态，改变了淇河流域的山水格局和生物生态，而且，通过库区移民搬迁，也改变了淇河地域的人文背景和文化环境。这些发生在淇河中游的历史性变化，改写了淇河的人文叙事，谱写了“诗歌淇河，文化淇河”的新篇章。从此，淇河实现了历史性嬗变，伴随着时代变化的节奏，真真切切变成了太行山深处的百里水乡，淇河将从中呈现出日新月异的新风貌。

历史上，我的先祖有过移民迁徙的经历。那是明朝天启年间，国家行为的山西洪洞大槐树下的大移民。先祖抛家弃舍，拖儿带女，从洪洞县大槐树下出发，跋山涉水，历尽艰难险阻，进入太行山深处，循淇河东下，择佳地而驻足，在淇河北岸安营扎寨，开荒拓土，新建家园，生产生活，开枝散叶。从洪洞县到林县，从移民成为原住民，已经走过了三百多年的风雨历程。这次，因盘石头水库建成蓄水，淇河槽里的十二个村子、上万父老乡亲，又要亲历一次历史性的移民迁徙，面临关乎未来命运的大转折。千百年来，这里的人民靠河吃河，与淇河休戚与共，命运相连。淇河是人类的母体，滋养人类繁衍生息；人类是淇河的灵魂，与万物结成了命运共同体。现在，淇河儿女要再次面临与先祖们相似的命运，为了国家利益，需要舍小家顾大家，迁徙到人生地疏的地方去落户安家，去新的环境开始新的生活。

这次移民，先后持续了十多年时间。我作为这次淇河移民的见证者，间接或直接地参与了移民搬迁的过程。乡亲们那种故土难离、难舍难分、悲欢离合的动人场景，使我感同身受，久久难以忘怀。虽然，移民搬迁的花营、土圈、千人泉、理峪、花地、寺北脑、刁公岩、香磨、河头等村庄，在原籍地域的实际存在已成往事，但是，这些古村落的相貌特质、人文地理、风土人情和民间文化，应该被人们用不同方式记录下来。随着水库水位的渐渐升高，这些人去村空的村庄已经隐入碧波荡漾的十里库底，千百年来在这里所发生的一切一切都将成为历史。唯有这些移民村庄的记忆以及古代先人们在这里创造的以《诗经》为代表的不朽诗篇和灿烂文化，将与淇河一道，生生不息，与人类永伴。

一

淇河移民搬迁，首先是从花地村开始的。本世纪初，地处下游的鹤壁市就在盘石头兴修水库大坝，以解决鹤壁百万人的饮用水和工业用水问题。几年后，大坝建成要蓄水，可库区里面的村庄还没有移民搬迁，建成的大坝就只能待在那里，干巴巴地等待库区村庄移民搬迁。早一天移民早一天蓄水，下游的人民就能早一天受益。这是下游城市政府迫在眉睫的大事急事。涉及大小十二个村上万人的移民搬迁，同水库大坝工程建设相比，任务更繁重、更复杂、更棘手。库区移民往哪儿搬？移民点怎么规划、怎么建设？移民先后顺序怎么安排？也是一项复杂的系统工程，既需要安置的土地，也需要大量资金，更需要细致的、过硬的思想政治工作。2005年夏，迁入地政府选择了地处淇河峡谷里的花地村先行移民搬迁。花地村辖上花地、下花地、理峪、寺北脑、口上、水磨六个自然村，理峪、寺北脑两个自然村地处高坡崖壁之上，其余四个自然村均分布在淇河南岸河沿上，共有723户，3067口人。迁入地政府选择从花地村入手，应该是“先易后难”的思维逻辑。可是，后来的结果说明，他们是在思想动员工作不到位、群众情绪未理顺、情况不明、底数不清的情况下，采取“警察开道，极限施压”的高压措施，造成了警民对立，甚至于发生械斗，民警开枪示警又发生失误，一村民中弹，抢救无效死亡，使矛盾激化升级。村民利用天色已晚及地势熟悉，肆意袭击警察警车，造成了警民互伤的事件。移民工作严重受阻，一度陷入了停滞状态。之后，在很长一段时间里，迁入地政府骑虎难下，一筹莫展。只有通过迁出地市、镇两级政府，利用长期形成的上下级关系和乡里乡亲的亲缘关系，进行深入细致的思想政治工作、温和抚慰的工作方法，摸准情况，理清问题，有针对性地做重点户重点人的工作，循序渐进化解矛盾，疏通花地群众与迁入地政府的关系。最终达成了花地村移民搬迁的目标。

花地村作为水库移民先行先试村，其工作效果和产生的影响是消极的。《礼记·中庸》有云："凡事预则立，不预则废。"毛主席历来强调："我们历来不打无准备之仗，也不打只有准备但无把握之仗。"移民工作是一项错综复杂且政策性很强的系统性工作，如果没有深思熟虑的工作预案，没有一个全面系统的工作方法步骤，复杂的问题简单化行事，势必出现"出师不利"的结局。"一切为了群众，一切依靠群众，从群众中来，到群众中去"是党的群众路线和群众工作方法，要求各级领导考虑问题的出发点和落脚点，始终站在群众的立场上，出招数，办事情，应该设身处地多为群众考虑。尽量把群众的想法了解得透彻一些，把解决问题的办法制定得切合实际一些，想群众所想，急群众所急，为群众排忧解难，让绝大多数群众顺心满意。只要这样去做工作，再多的问题都能解决，再大的困难都能克服。你让群众多高兴，群众就让你多满意。

二

花地村移民完成后，迁入地政府便迅速启动地处花地村下游的花营、土圈、千人泉移民搬迁的组织动员工作。有了花地的工作教训，迁入地政府采取思想动员工作先行，规划新村蓝图引领，目的是让群众看到移民搬迁后的希望和前景。但是，花营人吸取花地人的教训，事先在通往外界的交通要塞上，设置障碍，垒砌壁垒，昼夜值守，戒备森严。一时间与世隔绝，严禁迁入地官方介入，与政府形成了严重对峙。这样，阻断了官方与花营村的联系，花营村的移民搬迁工作陷入了“山重水复疑无路”的窘迫境地。迁入地政府在束手无策的情况下，请求省政府出面，牵头组织了移民迁入地和迁出地联合工作组，共同攻克花营这座移民搬迁的堡垒。省政府责成迁出地林州市为主、迁入地协同配合，共同推进花营村移民工作。这就意味着，迁入地政府抱走一年多的孩子又经过省政府将孩子退了回来（一年前，这几个村的户籍、计生等行政隶属关系已全盘转入迁入地政府了）。又好似踢球，迁出地将球传出去后，时隔一年多，又被迁入地一脚踢了回来，攻克堡垒的任务依然又落在了迁出地政府头上。省政府领导要求，无论迁出方迁入方，不得讲理由，不得提条件，不得推诿，不得扯皮，一切服从于、服务于水库移民工作大局。谁能够顺利将库区的居民搬出来，谁就是好样的！迁出地政府别无选择，只有硬着头皮，立刻组织工作队伍背水一战！迁出地政府派出有两位市委常委、一位副市长及其原乡镇干部五十余人的工作队，奔赴水库管理局，在水库大坝安营扎寨。一场亲情战、攻心战、权益维护战、矛盾纠纷排查战、遗留问题处置战全面展开。首先，选用花营村在市镇两级工作的干部职工回村，开展思想工作，摸排情况、吃透底子，因人施策，因势利导，攻心为上，用亲缘关系重点突破。其次是摸清村里各家族、各派系、各家、各户、各方的利益诉求，与村两委沟通，与迁入地政府沟通，能解决的事情立即解决，需要时日的作出承诺限时解决。其三把当下暴露出的历史遗留下来的长期得不到解决的问题，分门别类，理出头绪，研究解决方案，列出时间表，分别采用司法的、调解的、审计的、纪律的、党内的、党外的、批评的、处罚的等手段，将群众反映强烈的问题，在移民搬迁之前作个了断。这个办法，尽管耗时费力，但是，由于统筹协调综合行政执法资源，处理解决了积攒几十年的陈谷子烂芝麻，理顺了各方关系，理顺了群众情绪，使一些长期斩不断理还乱、结怨结仇的乡亲邻居握手言和；对村民集中反映的大队集体经济问题、财务问题，工作组进行查账审计，清产核资，倒查了大队二十多年的经济收支往来，收回了长期拖欠的账款，将查出来的问题资金移交迁入地纪检部门进一步检查处理。其四是就搬迁新址与迁入地沟通，为花营父老乡亲争得了临近市区的优势位置，把规划设计图公布于众，取得了绝对多数人的支持。几件事下来，花营村民自拆壁垒，畅通道路。一周之内，全部签订了搬迁协议。2006年的整个寒冬，是在花营村艰难困苦、复杂曲折的移民搬迁工作中度过的。冰雪封山的严冬过去了，山花烂漫的春天来到了，花营村2300多名移民的脸上像盛开的山花一样，满面春风，心情欢畅，兴高采烈地迁徙到了鹤城边上的新花营村。花营村这个堡垒终于被攻克，影响带动了土圈、千人泉移民搬迁的顺利进行。

三

刁公岩村的移民搬迁是在和风细雨中进行的。2013年盛夏的一天上午，淇县政法委书记王本祥托人找我，让我去河头村见他。我和王书记在花营村移民工作中有过交道，算是有工作交情的朋友，盛情难却，我欣然受邀前往。当天中午，在村长陈计生家里吃饭时，王书记把他找我的事由告诉了我。他说，刁公岩都是你丁家本家。你得帮忙做做工作，让他们顺顺利利、稳稳当当地迁移到淇县高村农场里，那可是个好地方，隔着淇河就是鹤壁市区。他还邀请我先去高村农场相相地方。我说，刁公岩确实都是丁姓一家人，与我老家相邻，都是我们丁姓族亲。你们也接受一下花地、花营移民搬迁的前车之鉴，如果工作做不到家，千万别硬来。我内心也是担心，唯恐因工作不当，给刁公岩的族亲们的正常生活造成困扰和伤害。王书记却说，所以嘛，得先与你老兄沟通。刁公岩移民的事儿听你老兄的，你说怎么好，我们就怎么办。王书记给我戴上了高帽子。看来，在确定刁公岩移民工作之前，他是做了功课的。我说，这样的话，我先给你们打打前站，摸摸情况，只给你们当个侦察兵。

几天后的一天上午，我去了刁公岩。其实，我对刁公岩并不熟悉。去之前，我父亲告诉我刁公岩的一些情况，也将他熟悉的同辈人丁扶林介绍给我，请他做我的向导。

初到刁公岩，环顾四周，只见断崖壁立，村子坐落在悬崖峭壁与淇河河谷过渡的斜坡上，坐北朝南，前面是滔滔东去的淇河，后面是逶迤的坡岭和矗立的崖峰，左右两侧则是淇河峡谷两岸的断崖绝壁。村子从河沿到坡顶呈阶梯状，站在后面人家看前面人家的房顶看得一清二楚，村子从院墙到房屋一色石头打造，自上而下错落有致，从胡里胡同到各家院落，倒也干净、利落、窝实。在这千岩万壑、山明水秀间生活，虽闭塞孤寂，却也落个清静。正在感叹时，扶林叔向我走来。他说，你爹打电话来，说你要来。哪阵风把你刮到刁公岩了啊！我给庄上的人说了你要来，大伙儿都在我家等着你哩！要给你说说心里话哩！我顿感心头一热，忽有归家之感。

扶林叔走在前，我跟在后，转个胡同，登上了十几个台阶，跨步入门，来到了扶林叔家，已有十多位长辈长者在等我。我一一见面，握手，鞠躬致谢。扶林叔指着两位耄耋老人介绍：这两位我叫叔，修字辈的，你叫爷；这三位比你爹岁数大，安字辈的，你叫大爷（伯）；这五位比你爹小点，也是安字辈的，你叫叔。我跟着扶林叔的介绍节奏，分别叫了爷、叫了大爷、叫了叔。介绍毕，我被安排落座于院子中央的一把柴杌子上。

扶林叔说，队长到太原带工去了，我打过电话，他托我照应你。有啥了，让我给他带话。接着，他又说，侄子，有话我直说了，你是不是为移民而来？我说，是，长这么大了，第一次来刁公岩拜见各位族亲长辈，也想听听大家对移民搬迁的想法。各位长辈有啥想法给我说说，我看能不能帮大家出出主意，想想办法。扶林叔引导说，有啥了就直说，他又不是外人。愿意移民的就说愿意，不愿意的直接说不愿意。他问最年长的老者，贵修叔，您愿不愿意移民？贵修爷说不愿意！接着一个个表态一致。我问贵修爷，您能说说为啥不愿移民吗？贵修爷说，还能为啥，我老俩都八十六七了，死到脖儿上了，还移啥民！离开老祖宗，离开老窝儿，房子谁给盖？死了往哪儿埋？只怕是房子还没盖成，我人都先没了！贵修爷这么一说，立马引起了大伙的共鸣。

我接着老人们担心的话题说，各位长辈的担心不无道理。各位年纪大了，考虑房子问题、归宿问题都在情理之中。大家有没有考虑，自己年纪大了，那你们的孩子呢？你们的孙子呢？孙子的孩子呢？难道祖祖辈辈一直在这偏僻闭塞的刁公岩苦苦挣扎吗？娶不上媳妇盖不起房，就是盖起了房子谁来住呢？你们为了孩子娶上媳妇，为了孙子娶上媳妇，您们拼死拼活一辈子，到头来，孙子还是光棍汉呀！为什么？是咱刁公岩人脑袋笨不聪明？还是我们的人长得丑？都不是！一句话，我们这地方山！我们家里穷！

我接着说，据我所知，咱村有几户已经或迁入城里，或迁往平地。为什么？还不是为了孩子能娶上媳妇！孙子能在城市里的学校上学读书。我知道，很多人把一生的老本都贴上，苦苦寻求迁出去的机会。现在，机会送上门来了啊！尽管是为了水库蓄水而移民的，但是，是国家拿钱帮我们迁出去呀！是天赐良机啊！假如，没有移民政策，我们自己要迁移出去，买地盘建房子要多少钱呀？50万能下来了吗？各位长辈，这个数您敢想吗？还有，人人有地种。什么时候才能碰上这样的机会呀？

我边说边察看老人们的情绪变化，继续说，我今天来，不是当说客来的，我是怕大家伙儿错失良机啊！大家要想想清楚，好好算算这个账。盖房的土地是国家提供的，建房的资金是国家提供的，耕地是农场无偿提供的。大家一辈子碰到过这种机会吗？只有居住环境好了，家庭条件才能跟着改变，孙子娶媳妇才能变成现实。孩子打光棍，孙子打光棍，长辈就是埋在刁公岩，能合上眼睛吗？我是专冲着老人们日思夜想的揪心事说的。我感觉，老人们的思想正在发生着变化。

晌午，我在扶林叔家和老人们一起吃了擀面条。吃着饭，说着话，拉着家常。就整村移民搬迁这等关乎到千秋万代的大事情，帮他们出主意，提建议。也把族亲们提出的刁公岩新村选址、规划建设、一院多户的、有房无户籍的以及为了子女上学将户口迁往县城的人员搬迁建房问题等等，原原本本记录下来，及时与迁入方进行了详细沟通。随后又让迁入方派车拉上村民代表到选址的现场进行考察，协调迁入方政府根据刁公岩实际情况制定具体政策，让刁公岩的族亲们心中悬着的问题都落了地，吃了定心丸，感到了踏实放心。在不长时间里，就全部签订了搬迁协议。在十二个移民搬迁村中，刁公岩以温和的方式顺利实现了移民搬迁。

近几年，我多次受邀造访刁公岩新村。由于刁公岩在移民搬迁时给迁入地政府留下了很好的印象，迁入后，一直受到当地政府的厚待和支持。刁公岩的族亲们将林县人民的好传统、好作风也植入了刁公岩新村，他们继续发扬红旗渠精神，脚踏实地干事创业，无论是新村建设还是经济发展，都走在了当地农村的前列，成为乡村振兴、美丽乡村建设、基层党建工作的排头兵，受到了所在地党委、政府的表彰。

四

淇河鲫鱼店，是淇河沿岸受移民搬迁影响的店铺之一。这个小店建在淇河临水的一块巨大岩石平台上，是一个专做淇河鲫鱼的小店。小店利用悬崖峭壁下的凹崖浅洞，因陋就简，建筑了简易的餐间餐厅，摆设了六七张餐桌，连个像模像样的店堂也没有，生意却异常火爆。

这家简陋的鲫鱼店，主要以做鱼为主，做鱼主要是鲫鱼。其工艺老到，味道独特，食材鲜活，鱼汤鲜美。因而食客络绎不绝，吃一次还想吃第二次。想来这里吃鱼，要提前一天排号，当天没有余桌。就是当天，也是车水马龙，晚来的人只能先到河边的浅水滩中去戏水抓螃蟹摸虾子，深得小孩儿们欢喜。有了这等优势，小小鲫鱼店，竟成了网红打卡的热点。

鲫鱼店的老板姓郭，河头村居民。原本在外地建筑工地当技术员，夏秋回家帮收，时常去淇河边上的鱼店吃鱼。吃了几次，便操了心，留了意，动起了开个鱼店的心思，就选择在这临水的岩石台上开起了专做鲫鱼的店。郭老板的鱼店与诸多鱼店相比有所不同：其他店用大锅、铁锅，而郭老板用的是砂锅；其他店做多种鱼，而郭老板只做淇河鲫鱼；其他店用浓烈的咸酱汁浇饭，而郭老板是清炖鱼清汤到底；其他店有各种炒菜冷菜，兼吃炖鱼，而郭老板以清炖鲫鱼为主，只配卤水豆腐，调制鲫鱼豆腐汤；其他配售各类白酒，郭老板只配绍兴米酒和啤酒。一看就知道，淇河鲫鱼店做的是滋补营养餐。

淇河鲫鱼店的经营理念还在于，寓吃鱼于捕捞、水上游玩欢乐之中。鱼店岩边上，拴着五只小船，既为食客提供了登船划桨、游荡戏水的水上娱乐空间，也为捕鱼爱好者提供了一显身手的绝好机会。更为重要的是让食客相信，在这里吃到的鱼，都是活蹦乱跳、货真价实的鲜活鲫鱼。这也是淇河鲫鱼店有别于其他鱼店的突出个性和特色。正当淇河鲫鱼店经营得风生水起、如日中天的时候，河水在持续地上涨。在不长时间里，河面就与鱼店座基的岩石涨平了，淇河鲫鱼店已岌岌可危了。

淇河鲫鱼店郭老板曾设想，将鱼店垂直升至水库蓄水高程之上重建，用钢构在峭壁上搭建出新的“淇河鲫鱼店”，延续他当下的理念和模式。但是，遭到水库管理部门的断然拒绝。因为，盘石头水库是下游鹤壁市百万人口饮用水源地，而且划定了水源保护区，再现临水、游乐、捕捞、现做，“鱼店＋游览＋体验模式”已无可能了。

郭老板是出过门见过市面，拿得起放得下的人。他心里明白，水库蓄水是利国利民的大事，自己店铺是一家小事，舍小家顾大家，这也是上天给自己报效国家的机会。留得淇河在，不愁没鱼卖！

五

水库移民不仅涉及村庄和居民的搬迁，还涉及沿河水电设施和靠水吃水的水产养殖、鱼庄饭店。河头发电站、刁公岩发电站、花地发电站、花营发电站他们都是既符合产业政策，又有可观效益的村办企业，蓄水后都被淹没在了库底。几十处沿河提灌设备也被尽数淹没。因此，水库移民不仅需要移民搬迁的原住民做出牺牲，水库沿岸没有纳入移民范围的住民也需要做出牺牲。移民村及其住民搬走了，到新的地方会获得新的资源、新的环境和新的生产生活方式。而依旧生活在水库两岸的人们仍旧需要生产，需要生活，需要种菜种庄稼。而他们的生产生活环境秩序并没有因为水库移民而变化，变化的是他们原有的水利设施、生产设备被水库淹没，他们需要在当地政府的扶持下重新建设。因为，他们的生产生活仍旧需要抽水机，需要提灌站，需要饮食用水，需要浇菜浇麦。水库蓄水对淇河下游的人民来说是天大的好事，而对库区居民而言有得有失。因蓄水而移民带来诸多矛盾和问题，如上所述，都是库区两岸群众所失去的。乡亲们也看得开，想得通。大凡事物都是一分为二的，有利就有弊，有得就有失，利害往往是相连的。关键是能做到最大限度地趋利避害，维护好、发展好群众的利益。他们相信政府，对因淹没而失去的那些水利设施，政府还会重新恢复起来。

作为库区的原住民，他们十分关注自己能从这偌大的水库里得到什么。他们可能会忽视那些一劳永逸的长远利益，而重视看得见、摸得着的眼前利益。有人可能认为这是底层逻辑、小民心态，但那些虚无缥缈的挂在墙上的画饼，对他们而言又有什么实际意义呢？他们渴望政府对库区、对淇河流域的发展有个整体规划，做好“诗歌之河，文化之河”这篇大文章，充分保护好、利用好淇河这个宝贵资源，充分发挥淇河文化在乡村振兴中的引领作用，将昔日的荒山野岭变成生态友好的宜居之地、文化旅游之地。用崭新的视角，书写出淇河丰富多彩的宏大叙事！

林慮風物

雨时黄华山

行雨季节是黄华最美的季节。

遇到连阴天下上几天的雨，黄华山里就更美了。

黄华盛夏的美，既不同于春季的生机盎然、山花烂漫之美，又不同于秋季的硕果累累、五彩斑斓之美，更不同于冬季的雪压冬云、白絮飘逸之美。

黄华盛夏是雨的、露的，雾的、云的，瀑布的、溪流的世界，黄华也因此灵秀十足，唯美大气。

撑上一把伞，在黄华雨中漫游，便行走在一种孤独、默然的氛围之中。雨在不知不觉中下着，没有敲击雨伞的声响，没有风雨交加时的局促，一切静静的，十分安然。心绪随着幽深逶迤的石板路，像放飞风筝的线绳不断地释放着、延伸着……我喜欢这样一种氛围，用这样一种态度，这样一种独处方式，在这样孤独的空间里，静静地清理着自己过往纷繁的思绪，告别昨天的肤浅和粗俗，去寻求一种新的境界。

雨停了，路边的草地自然感激雨水的沐浴，青翠翠，湿漉漉的。草的叶子上噙满着雨露珠子，闪着晶莹的光泽，这是大自然对生命的给养。我不舍得用脚去踩那青翠的草地，更不舍得去扫落那些虽然生命短暂但美丽无瑕的雨露珠子。尽管她们脆弱，但毕竟是上苍给她们的生命，给她们展露的机会，她们的生命周期应由阳光和风儿来决定。人类或许不应该去干扰她们。

雨刚停下来，黄华的沟壑里便升腾起一片片、一层层、一缕缕的云雾。云雾在生成过程中，有着短暂的、瞬间的、无穷的变化，这种变化是千姿百态、蔚为壮观的。我仔细观察云雾，它们从茂密的丛林中缓缓升起，集聚，升腾，迅速集结成巨大的乳白色的云团，将近处的山坡山顶遮蔽得严严实实。而后又升腾至百丈断崖绝壁间，如白练作带状飘逸缠绕，稍作翻滚飞渡变幻，便升腾云天，化作片片彩霞。那种变幻莫测、华丽转身的形态，是人类用任何技术都难以复制和效仿的。

雨后黄华山的瀑布，犹如天上来水。它是雨后巅峰间涧水汇流而成，顺山势奔流到悬崖峭壁时纵身一跃，飞流直下。平时，瀑布在黄华山上就呈现为一种常态。白玉溪水帘洞之上的瀑布，由于平日水量微小，跌下的水头仿佛散落的珠子，借着风势洒向洞内，恰似珠帘倒卷，便有了黄华“珍珠倒卷帘”的奇特景观。当下正值行雨季节，且连阴下雨，漫山遍野水量充盈，沟壑间水流汇集，积小成大，水借山势，如脱缰野马，奔泻咆哮而下，其势其声，震撼山谷。金人元好问就写诗对此景此情进行过描述：湍声汹汹转绝壑，雪气凛凛随阴风。悬流千尺忽当眼，芥蒂一洗平生胸。是啊！远眺近观悬挂在山巅轰隆作响的瀑布，顿时，尘世间集结在胸中的不快便荡然无存了。

瀑布造就了激流。瀑布垂直倾泻形成了巨大撞击力，这种力量若雷霆万钧，直击绝壁之下的岩石，飞溅起数十米的水花，向四处散去。而后，由于周围崖壁阻隔，无奈又回流到跌落之处。旋即以排山倒海之势，激流澎湃，向着谷底奔腾而去。激流随着河谷的宽窄平缓陡峭和山势走向，不断变化着奔流的姿势，时而湍悍急促，时而白浪滔天，时而峰回水转，呈倒流之态。故有“黄华流水颠倒颠”之说。

水是盛夏的雨给予黄华的灵性。黄华之水又孕育出黄华不朽的文化与文明。这不仅是黄华之魂，也是林虑山之魂。

柳石塘

柳石塘，一个极具风雅韵味的名字。根据名字，我便对其进行了一个大概的描述：柳石塘或位于市郊或乡野的某个村落，有一口年代久远、底蕴深厚、不为人知的古池塘；池塘边上定有一棵古朴苍劲的老柳树，粗放的干枝垂着柳丝，与池塘水面的粼粼波光交汇在一起。塘边的楼台亭阁与古廊、古塘、古柳浑然成趣。这便是我想象中的柳石塘。

其实，柳石塘在天与山、云与峰、峡谷与森林之间。它深藏于人烟罕至处，真面目至今未被世间所识。

当以你为轴心，用旋转的视觉，环顾叫柳石塘的全景时，也许会把你带入云里雾里，去进行一番美妙天堂般的遐想。

太行红岩与绿树层次叠加，形成了层次分明、色彩亮丽的雄浑伟岸的山体，呈现出太行山的阳刚之美。

放大后的山体，会带给人们零距离的视觉冲击，使人们对太行红岩有了更加清晰的认识，它粗犷而豪放，雄壮而厚重，直观而神秘，上顶着蓝天，下立于厚土，是人类永久的依靠。

在这个叫柳石塘的地方，疑似上苍留给世间的一幅丰韵唯美的水彩画。蔚蔚蓝天映衬着层层白云，一面面红色峭壁之上峰峦叠翠，矗立于蓝天白云之间，巍峨雄秀，亦梦亦幻，恰似仙境。

巅峰与蓝天对话，白云与崖峰亲吻，红色与绿色涂鸦，森林与溪流缠绵，人类与自然和谐共生。

观音菩萨飘然于峰峦叠翠之上，眺望着幽深的峡谷，壁立的红岩，绝美的景致，静谧而灵动，好一派佛界之净地，何不选择此处为立身之地！

幽深的峡谷深处，一股细流涓涓流淌着，滋润着郁郁苍苍的山核桃林。呼啸的山风涌动着浓密的山核桃林，掀起了一波波的绿色波涛，汹涌澎湃，在峡谷深处传递出阵阵回响。

尽管是如此这般的蓝天、白云、幽谷、崖峰、峭壁、红岩、密林，但真正彰显风范与灵气的还在于水，在于那股长流不绝的涓涓细流，在于那个积水成渊的柳石塘。柳石塘的水溢出后，纵身一跃，落入百丈崖壁，即刻便形成了“飞流直下三千尺，疑是银河落九天”的壮观景象。柳石塘就是这道瀑布的源泉。

柳石塘之下，依然是云雾缭绕，彩虹飞扬；依然是绝壁与红岩；依然是绿色的幽谷；依然有古刹塔寺和悠远的故事……

柏尖红叶

秋风送爽，寒露送霜，也送来柏尖山红叶的季节。

文广约我去柏尖山看红叶。

驱车行至柏尖山脚下，眼前一亮，一年多没来，却似“换了人间”！

文广说，原康镇经济发展底子薄，工业上也就是瓶瓶罐罐。结构怎么调，转型怎么转？一直在困扰中思索着。站在原康看原康，也有自身优势。原康山地面积广，西南山生态保护得好，柏尖山“神州初庙”“柏尖红叶”文化正在培育形成，这正是他们因地制宜求发展的优势所在。他们正在充分发掘这一优势，着力营造软硬件环境，在生态环境保护和生态休闲旅游上下大功夫，做大文章。

是啊，凡事皆如此，思路清了，方向明了，决策定了，措施有了，效果就出来了。

进入停车休闲区，依山就势的规划，舒展的摆布，醒目的标识，功能的设置，美化亮化工程正在配套完善着。

通向山巅的道路已拓宽改造为柏油路，路面漆黑，路肩整洁，标线标识清晰，绿化美化靓丽。这一举一措，一招一式，都彰显着他们发展生态旅游产业的心境和气魄。

一路西上，弯道多，爬坡多，但是，并不觉得颠簸。车行三五里，便到达柏尖山半山腰上的“皇后小镇”。

打开车门，抬脚下车，一股清新之气扑面而来。

“皇后小镇”？我对这个小镇有一种从天而降的幻觉。

对，“皇后小镇”。文广说，这是他们引进的第一个休闲旅游度假项目，是在柏尖沟村基础上改造开建的。看看吧！

从皇后小镇的建筑风格里，我观察到改造过的痕迹。既可以从简单几何造型的一幢幢西式洋房中看到欧美的建筑风格，又可以从旧厂房旧学校的改造中找到文化创意的浪漫，还可以从白墙蓝瓦、镶门镶窗的建筑保护中找到乡愁记忆。

文广向我引见了改造建设“皇后小镇”的“镇长”刘总。

为何叫“皇后小镇”？我不解地问。

我们在北京和一些城市远郊做了几个这样的项目，比较成功，都叫“皇后小镇”，这是我们运营的品牌。刘总解释说。

那你们服务的对象和针对人群呢？我继续问。

中、高端群体。刘总说，就“皇后小镇”来讲，它会满足人们吃、住、行、游、购、娱等旅行需求；就柏尖山风景区而言，它就是景区的综合服务区。当然，也会满足人们购房养老居住的愿望。刘总进一步说明。

我对“皇后小镇”已经有了一个初步理解。

“皇后小镇”坐落在柏尖山东麓的半山腰上，掩映在蓝天白云之下郁郁苍苍的森林之中。蜿蜒曲折的柏油马路，色彩斑斓的高山植被，简约明快的小镇风情，我脑海里不禁浮现出了阿尔卑斯山的美丽小镇。

2000年秋后，我带团赴西欧考察。我们从意大利城市米兰，穿越欧州第一大山脉阿尔卑斯山脉，去往法国城市里昂。湛蓝的天空下，阿尔卑斯山脉巅峰上覆盖着皑皑白雪，漫长的山麓覆盖着黄色、紫色、绿色的植被，那高耸的教堂和童话般的陡坡木屋，分布在这五颜六色的森林之中，犹如佛罗伦萨教堂里的油彩壁画。从米兰到里昂途中，观赏了不少这样的小镇。

再看“皇后小镇”，确有置身于阿尔卑斯山的感觉。我就想，当一个国家的经济和社会发展到一定程度，比如像“文艺复兴”“工业革命”时期的欧洲，随着市场经济的兴起，中产阶层快速崛起。这个时期，部分富有阶层人士开始逐渐离开城市中心，寻找并迁徙到像“皇后小镇”这样的僻静之地，过上了浪漫休闲的慢生活，致力于追求生命的质量和生活的品质。

用这样的观点、这样的态度，去看待事物的出现和发展，会觉得原康镇倾力打造柏尖山风景旅游区和“皇后小镇”这样的休闲度假区，或许就是未来农村城镇化的一个方向。政府的责任是创造人口自由迁徙流动的环境，让愿意到城市居住的农村人口到城里去居住、去就业；让愿意到远郊或山区居住的城市人口到“皇后小镇”这样的生态宜居村落去居住、去休闲。这样的话，城里人、乡下人相互流动，不分彼此，各得其所。如此这般，也不失为实现人口流动、资本流动、内需拉动、促进增长的一计良策。

“停车坐爱枫林晚，霜叶红于二月花。”柏尖山因为红叶，备受世人热捧，原康因为“柏尖红叶”，行将华丽转身。原康镇的决策者们正在用心打造和经营着“柏尖红叶”这张名片。

八角杏花开

在林州东岗镇，既有一处绵延百里天然生态的万宝山森林公园，还有一处“望眼遍野杏花开，静观少有远客来；因何不闻花雨香，只缘村在花中埋”的“世外杏源”——八角村。

走进八角村，你才会感觉到整个八角村和村里的人，完全处在杏林之中。村外是漫山遍野的杏林，村里的胡里胡同、房前屋后到处是杏树。眼前正值杏花盛开季，八角村便置于粉白色的杏花海洋之中。

看八角，是看这里一年四季的生态，一年四季的景致。这个时候是看那一簇簇、一片片覆盖村野的杏花；初夏时是看一枝枝、一串串挂满枝头的青涩的杏果；盛夏来临的时节便是采摘盈黄盈黄压弯树枝的累累硕果了；秋天，特别是深秋季节，看的是杏林落叶前的色彩斑斓；入冬了，下雪了，那杏林，那杏树，便成为了绽放出一朵朵雪白花朵的棉花树。

八角的杏，个大圆润，黄里透红，酸甜可口。在方圆百里，八角麦黄杏可是“红杏出墙”名声在外了。若是收获季节，穿行于杏林中间，转游于村中小巷，摘把杏儿只是举手之劳的事情。在消遣休闲间伸手摘下一颗麦黄透熟的硕杏，两指轻轻一捏，便缝开核离了。杏儿捏在手里，嘴里早已溢出甘甜，其调味的元素早已消化至胃口之中了。

杏林杏园植造已经成为八角村传统农耕生活方式的一部分。分布在村子内外的杏树，有零散在山坡上的，有坡地种植的，有稀疏的，有密植的。树龄少则几年，多则几十年。环顾四周，杏林茂密，漫山遍野，已成气候。

看八角，不仅是看漫山遍野的杏花，漫山遍野的杏果，还应该寻思一下这八角村，这杏花，这杏果，这如诗如画的美景是怎样一个由来。

穿行在杏林之中，或是赏花，或是摘果，你是否会联想到八角村勤劳朴实的人们？是否会联想到守望乡野，守土尽责，为党的事业坚守八角这块阵地，坚持年年岁岁植树造林的村级党组织和村里的干部们？想到此，我们不能不说说八角村的当家人——村党支部书记韩成金同志。

老韩今年七十二岁，紫搪脸色，身板硬朗，轻声细语，低调沉稳。他1968年担任八角大队大队长，1980年担任大队党支部书记至今。

老韩说，他当干部四十九年，想想就做了两件事。一件是带领群众坚持不懈治水。八角干旱少雨，靠天吃饭，吃水都困难，浇地谈不上。蓄住天上水，就成了八角人的第一要务。几十年来，党支部组织群众打了新老旱井水窖260多个，610米深的机井一眼，修筑了蓄水6万余方的水库，基本上解决了群众生活生产用水问题。第二件事就是带领群众坚持不懈地栽树。老韩说，按照“山顶植松柏，果树绕山腰”的绿化目标，全村高山缓坡全部绿化，形成了以柏林、杏林、核桃林为主的片林三千余亩，挂果杏树近万棵。同老韩边看、边谈、边走、边交流，敬佩、赞赏之意油然而生。我觉得，四十几年如一日，咬定青山不放松，这才是八角村春天望眼遍野杏花开，夏秋硕果累累惹人醉的硬功夫；也是党支部带领群众，实现生态效应和经济效益双重收获的真谛所在。

跳出八角看八角，你会觉得，八角是个潜力股。从生态旅游角度看，八角发展乡村旅游的硬件具备，只欠东风。所谓硬件，就是它成千上万亩的生态林、经济林已经奠定了生态旅游的颜值，春天的花，夏秋的果，古朴的村，纯朴的人，无不张扬着八角美丽乡村的生机与魅力。所谓东风，一是政府要继续加大推动扶持力度，改造完善与旅游相适应的环境条件；二是三分长相七分打扮，人靠衣裳马靠鞍，通盘规划，合理布局，将吃住行游购娱置入自然生态之中，赋予其深厚的人文内涵，加上强力宣传推介，一个美丽乡村、休闲体验式旅游景区定会勃然兴起。

八角人了不起，八角党组织了不起。他们在不经意中干出了令人刮目相看、令八角出彩的事业。八角党支部有先见之明，早在上世纪七十年代，他们就靠山养山，抓起了坡地经济，抓起了全域式景区，开始了“美丽乡村”的持续建设。没有他们率先垂范，带领群众几十年如一日，坚持不懈地艰苦奋斗，就没有八角今天这幅如诗如画的“世外杏源”！

烟雨淇河

早春，清晨，春寒料峭。

淇河河谷被浓雾笼罩着，能见度很差，显得扑朔迷离。

浓雾下的淇河，汤汤淇水自顾流淌着。河岸边的柳树垂摆着丝丝新绿。河南岸高耸的崖峰破雾矗立。崖峰顶端浅红色的古刹是龙王庙。庙的侧面有块有角有棱的巨石，仿佛一个天然的瞭望台。登上瞭望台，可以鸟瞰烟云缭绕、蜿蜒东去的淇河河谷，可以瞭望到太行山巅橙色的晨曦及阳光照耀下的青松、白雪和蓝天。其时其景，正印证了唐朝张楚所写的一副楹联："淇水烟波半含春色，太行松雪映出青天"。张楚老先生在千年之前，是否也身处此时此地，俯看淇水，远眺太行，写就的这副楹联，尚不得而知。但是，他对即时即景的绝妙写照，实在是再美妙不过了。

淇河中上游处在南太行东麓峰峦叠嶂间。在群峰壁立中左冲右突，遇高峰而绕，遇深潭而积，遇断崖而泻，择幽谷而成溪成河，沿着太行山东麓山墁的纵坡峡谷，迂回曲折，向东流淌；出山涧，过平川，先入卫河，再入海河，奔渤海而去。因而，淇河的形态、自然风格，是在雄、险、奇、秀的太行峰峦中造就的。

淇河是上苍赐给南太行山的一条蓝色的飘带。她因太行山而蜿蜒盘旋，而阴阳顿挫，而飘逸飞扬；淇河是太行山挤出的乳汁，哺育着河谷两岸生灵，呵护着万物生长，涵养着沿淇流域的生态。淇河的本性是温润的，儒雅的，随和的。但是，淇河也会因遭遇暴风骤雨等自然灾害的袭击而呈现出暴烈、汹涌、湍急、放纵不羁的一面。暴风骤雨往往会引发山洪暴发，其凶猛、咆哮、肆虐着流域生态和生灵，极具破坏性地将山石、泥沙、树木、房屋卷入河谷，吞噬着人类及其他物种的生命。就淇河自身的抵御能量而言，她也能以其极限的度量，承受来自灾难的猛烈冲击。有时，暴风骤雨会造成山崩地裂，山体滑坡。骇人的山体崩裂滑坡，将巨石岩块横亘在河谷里，造成河流阻断，或形成了堰塞水泊；或遇断崖飞泻出瀑布。急风暴雨退去后，虽然留给淇河的是被无情摧残过的斑斑痕迹，但是，却不能改变其顺应自然、奔流不息的自然趋势。

淇河的自我修复、再造功能是极强的。暴风骤雨对淇河的肆虐，只能有限改变其局部形态，并不能从根本上改变其顺应自然的天性。山崩地裂留下的巨石，被淇河以其水滴石穿的韧性和耐力，冲刷，洗礼，再造，成为河床中长满植物、绿苔的小岛；山洪冲击形成的深坑凹地，则被清澈的河水聚积成绿宝石般的碧绿深潭，成为点缀淇河的一道道美丽的风景，并赋予了一个个优美的故事传说，丰富了淇河诗画般的文化底色。

淇河在冬春之交的时节，往往会出现极具色彩的变化。整个河谷被浓雾笼罩得遮天蔽日，视野迷茫。在短暂的饱和之后，便在绝壁断崖间剧烈运动，或升腾，或飞泻，恰如海上巨浪，拍击岸礁，飞溅出破碎的浪花。浓雾之下，朦胧之中，仍可以看到缓缓的淇河流水和苇草尖尖透露出的淡淡新绿。随着太阳强势崛起，河谷里的浓雾终于开始分化飞渡，或洒落在群山密林之中，或升腾至苍穹，消融在蓝天之上。

淇河啊，淇河！你从远古走来，你向渤海奔去。在你经历过无数次风云变幻的历程中，你从不畏惧严冬的雪覆冰封，从不畏惧盛夏的急风暴雨，从不畏惧早春的雾霾尘埃。你坚信，太阳每天都是新的。你相信自己一定会在浩浩荡荡的时空当中，把急风暴雨、山崩地裂、山洪袭击当作一次洗礼，在经历短暂的变故之后，仍旧朝着太阳升起的地方，勇往直前，奔流不息！

太行天路

在河南省林州市行政区域版图上，在绵延不断的崇山峻岭中，在南太行百里峡谷的绝壁之上，飘逸着一条蜿蜒迂回的白练般的栈道，这便是悬挂在国家风景名胜区——林州太行大峡谷西侧绝壁之上的旅游观光线路——太行天路。

这原本只是条穿行在云里、雾里、森林里、草丛里的羊肠小道。就是这条纤细的小道，像针线一样将散落在大峡谷西壁之上零零落落的村户给串联起来，一人一户不漏地纳入了国家的行政管辖网络，成为整个社会里最基本、最鲜活、最接地气的社会元素。

以这条羊肠小道为基点，在长度与宽度上做文章，赋予其更加活跃的元素、唯美的造型、多样化的功能，使其承载起复合型的社会责任。这是当代的人们靠着理念，靠着智慧，靠着科学，靠着胆识，靠着艰辛作出的卓越的选择。而这种选择，将这条羊肠小道就地升华为太行天路，成为林州太行大峡谷一道亮丽的风景线。

太行天路修筑在云雾与苍穹之间，修筑在绝壁之上与太行巅峰的缓冲地带，修筑在白云飞渡与消涨起落的幽谷之中。这个地带是壁立万仞与苍松翠柏共同生长的地方，是云朵升腾与清雾消融的地方，是人类与鸟兽共同生活的地方。天与地在这里自然衔接，人与自然在这里和谐融洽。

太行大峡谷两壁，赤壁丹崖，雄浑伟岸，阳刚豪迈，像是一群粗犷豪放的猛男，在袒露臂膀，展示肌肉。那些个仿佛一组组、一尊尊连天接地、鬼斧神工般的巨型丹砂雕塑，或壁立，或突起，或层次叠加，或直戳云天。巅峰间飞流直下的瀑布，在百丈悬崖间化作阵阵细雨，挥洒在谷底的丛林之上，沐浴出原始茂密的森林，滋润出潺潺长流的清溪。

太行大峡谷之美，在于群峰与断崖的壁立，幽谷与灵秀的深邃，峭壁与绿带的系结，丹崖与翠绿的点缀，巅峰与云霞的交融，瀑布与深潭的接吻。大峡谷惟妙惟肖的姿态，雄险秀奇的风貌，描画出大峡谷丰富的表情、曼妙的雄姿和大美的风范。太行天路便是舞动在崖峰之上云雨之中的银色飘带，是太行峡谷大美境界中的光亮。

水墨太行是山水画家们苦思冥想、千锤百炼的艺术追求，太行天路是艺术家们用如椽大笔绘在山水之间的点睛之作。艺术家们往往是站在云端俯视原野，通过一隅窥见全貌。他们用艺术的视角，在太行天路设置观景区，通过不同角度、不同空间、不同方位，用全景记录的手法，将太行大峡谷的雄姿尽收眼底，再通过大脑的剪辑编程，就形成了记录大峡谷全景的一盘完整的胶带。

你若是真想一览太行大峡谷全貌，领略太行大峡谷真容，就要选择游走一次太行天路。因为，太行天路会让你正视天造地设的奇观，体验腾云驾雾的仙觉，享受天开图画的美感，聆听山呼松涛的神韵。进而，会把你导向对大自然重新认识的高度，对人生重新反思的深度，对生态孜孜呵护的自觉，对峡谷认同顺从的理性。而这种理性，潜移默化地会影响到你对人生的态度，对事物观察的角度和对命运把握的宽度。

唐代古井

一口唐朝遗存下来的水井，在淇河之南的唐家岗村已经使用了一千余年。

这口井的水量始终保持着一种常态：久旱不竭，久涝不溢，甘甜清纯，取之不尽。

这口井被村里人像传家宝一样传承着、保护着、利用着。唐代至今，代代相传，已经绵延了近百代。

我审视着这口古井，通过井口俯视井下明静的水面，恰似进入梦幻般的时光隧道。它会将你的视觉引入无际的时空，穿越民国，穿越清、明、元、宋，直达盛唐。在这条历史长河中，演绎出多少丰富多彩的生动故事呢？

朝代在更替，时代在变迁。但是，这口井的利用价值一直没有发生改变，永远为唐家岗人提供着繁衍生息的生命源泉。唐家岗人什么都可以不要，就是不可不要这口井；唐家岗人什么也可以没有，就是不能没有这口井。唐家岗人的命运与这口古井紧紧地联系在一起。

唐家岗村的人静静地饮用着这口井的水，这口井也默默地滋润着唐家岗村人。村里人与这口井之间一直都处在一种自然而然的默契状态中。村里人没有感觉出这井水的好处，而这口井也没有张扬过自己的作用。

直到有一天，周围人忽然发现，唐家岗健康老人多，活得岁数大，寿命长，且没有疑杂病症。唐家岗村开始吸引了周围的眼球。人们纷纷向唐家岗人讨教生活的窍门、长寿的秘诀，却没有人去问他们喝的是哪儿的水！后来，人们用现代方法化验分析了古井的水质，分析结果表明，古井水质中含有丰富的对人体有益的四十多种矿物质。而这些矿物质元素，历经千年，使唐家岗人在长期吸收有益矿物质的过程中，潜移默化地构成了长寿基因。

这一发现，使人们在利用古井水资源方面也进行了多方有益探索和发掘。

早在唐代后期，唐家岗人张德，就在家里支起了锅灶，置办了酿酒的家具，利用这口井的井水，干起了酿酒的营生。人们才看到了这井水除饮用浇灌之外的用处。当张德把自己的佳酿奉命献给正在彰德府巡游的唐太宗李世民时，受到李世民赞赏，并封为唐代贡酒时，大家才看到了这口井的经济价值。

上世纪八十年代初，伴随着改革开放的潮流，唐家岗人开始大彻大悟：唐人张德能用这口井的水酿出朝廷喜欢的贡酒，我们为何不能？于是乎，几个脑袋灵便的人，沿用着张德酿酒的配方和技巧，酿出了唐古贡酒，办起了唐代古井酒厂。这一壮举，与唐朝的张德酿酒在时间上已相去上千年。

上世纪九十年代初，政府开始把目光投向这个僻静的山村。为实施品牌战略，由政府主导在唐古贡酒基础上，推出了“红旗渠”系列品牌，使唐代古井酒在文化商誉上融入了区域精神文化的内涵。红旗渠品牌为唐代古井酒厂又插上了一双腾飞的翅膀。

如今，这口井的主人们更懂得“古为今用”的含义，更珍惜古井的生命价值。他们正在研究探索，如何采用比古代人更智慧、更柔和的方式，让古井之水在古代与现代、形式与内容、文化与经济等方面完美结合，赋予其更加丰富的想象空间和更加绚丽夺目的光环。因而，这口井仍然承载着延续历史、传承文化的历史使命。正如红旗渠酒业之歌所赋：

“一座太行山巍峨雄浑，见证着咱华夏沧桑年轮。一口唐古井清澈温润，珍藏着千年地灵性长寿基因。山有灵，水有魂，山水相连情意深。陈年窖酿美酒琼浆贡酒甘冽清醇，唐宋元明清，传承至如今；把酒问青天，谁人不识君，醉了太阳，醉了月亮，醉了天下人。”

“一座太行山高耸入云，塑造出酿酒人厚道诚信。一条淇河水千回百转，吸纳了天地精华颐养身心。山有灵，水有魂，山高水长情意深。孕育出新品味时代美酒国色神韵，东西南北中，香飘万里云；把酒问青天，谁人不识君，醉了中华，醉了神州，醉了天下人。”

这歌词，道出了红旗渠酒业决策者们的宏图大志，将铭刻在唐古井旁，淇水两岸；这歌声，唱出了唐代古井已珍藏千年的历史回声，将响彻在太行山巅，神州大地！

老子曰：上善若水，水利万物而不争，此乃谦下之德也。是啊，唐代古井是一口不朽的井，她永不歇息地涌动着不竭的源泉，滋润着一代又一代人！

雨晴楼

雨晴楼在太行大峡谷天路的纵深处。

那是悬置在大峡谷百丈绝壁之上的一处幽静的院落。院子虽然刚建好不久，却从里到外折射出古朴的沧桑。

前不久，我带几个南方客人路过雨晴楼小憩，他们就认为，这是他们走南闯北所遇到过的一处人世间绝佳稀有的院落。

其时，我也是第一次来到这叫雨晴楼的院落。

进入这个小院，环顾四周，一种简约、安详、清新、古朴、厚重的感觉扑面而来。

这座小院置于太行大峡谷雄浑伟岸的宏大氛围之中，恰如绚丽多彩的衣衫上缀了一颗精美的纽扣，引人注目，勾人眼球。

何谓雨晴楼？没有向这院子主人打探究竟。我揣测，是否取于唐代诗人王驾《雨晴》诗句：“雨前初见花间蕊，雨后全无叶底花。蜂蝶纷纷过墙去，却疑春色在邻家。”诗人写的是雨后花落春残之景，显然院主非此《雨晴》之意。那是否取于唐代诗圣杜甫《雨晴》诗句：“雨时山不改，晴罢峡如新。天路看殊俗，秋江思杀人……”诗人大概是说，雨时山还是这个山，峡谷还是这个峡谷，雨后天晴，山峰峡谷被洗礼后焕然一新。或雨后云开日出方见其真容之意。如是，院主则将雨晴楼放入了唐代诗圣杜甫《雨晴》的诗情画意之中了。

我注意观察这小院子内外建筑的摆布，没有刻意规划设计，没有精雕细琢，一切像是随心所欲，任意摆放，顺其自然，恰似画家们手中的画笔任意涂鸦的油画，近看视觉模糊，远看反觉真切，风情而不零乱，招摇而不失静雅。

雨晴楼的房屋建筑风格有点儿入乡随俗，外墙或是紫红色石块，或是清水蓝砖，或是沙土泥墙，朴实无华；屋顶是紫红色石板代瓦，结实，压风，耐用；内部结构却是木梁、木柱、木椽、木坡板、木隔断、木楼梯、木门窗，原料原色，原汁原味，自然和谐，纯真简朴。

院内安置着一盘石碾，屋椽下放置了一架吹糠用的风箱，墙上挂着一提提风干的红柿子，一串串玉茭棒子、大蒜辫子，所有这些物件，都在梳理着浓浓的乡愁情思。

再看屋内陈列摆设，一股浓重的文化气息袭入眼帘。格调高雅的古董架，摆设着各色形态的瓶瓶罐罐、盆盆钵钵；两丈多长六尺多宽一尺多厚的独块楠木工作台厚重大气，文房四宝笔墨纸砚一应俱全；院子主人的书画作品将创作室、休闲室之文化氛围装点得恰到好处；典雅精到的茶桌、茶座、茶具，将室内修饰得清静、温馨、休闲。明眼人一瞧便知是文人墨客谈天说地、舞文弄墨的地方。

选择在太行天路沿途景点的热闹之处，修建雨晴楼这样一座书香院子，是艺术家浪漫主义思维与大峡谷亲吻对话的结晶，展现了动中取静的艺术效果，可谓独具匠心。结果是，外面车水马龙，游客如云，嬉笑飞扬；院内却是坐论茶道，鉴字赏画，休闲静雅。这一动一静，就是一幅鲜活生动的生活画卷。

雨晴楼院子坐西向东，南北各有厢房，东面凌空于大峡谷的峭壁之上。凭栏可形成360度视角眺望太行大峡谷全景，可仰望蓝天白云，可俯视石板岩风情小镇，是太行天路观景的绝佳方位。

坐在雨晴楼观景台，环顾着大峡谷雄奇秀险的风姿，品尝着沁人心脾的连翘花茶，倾听着海浪般的阵阵松涛，沐浴着徐徐流动的阵阵山风，你就会觉得，正在一步步地行走于对人生感悟的高处。

那片小树林

那片小树林，是这座城市所有人的美好记忆。

那一眼望不到边际的绿色，有如碧波荡漾的绿色海洋，滋润着这座小城的姿色，装饰着这座小城的颜值。

城市如人，要有发育健康的五脏六腑，尤其是肺。肺功能健全，吸入新鲜氧气，呼出二氧化碳，保持正常的肺活量，才能保持健康体魄与活力。森林是城市的肺。有了森林生态，便增强了城市的呼吸功能和肺活量，城市便洋溢出无限的生机与活力。

小树林，原本是城边上的一片沃土良田，盛产白菜萝卜的，自古以来就是这个小城久负盛名的菜篮子。

那年，小城要创建园林城市，需要增加绿地面积，便瞄准了这个菜篮子。眨眼间，菜地变森林，四百多亩的菜田便种上了密密麻麻的白杨树，摇身一变成了城市绿地。因当年绿化是一步到位一次性栽种的小白杨，市民们便习惯地称这片绿色地带为小树林。

小白杨得天时，占地利，长得飞快，转眼之间，长成茂密森林。绿色是人们的追求。自从有了这片小树林，小城在做着深呼吸，市民们也在做着深呼吸。

小树林长得快，这个小城长得更快。当树林长得遮天蔽日，鸟儿成群入驻栖息，生态长势已成气候时，也招来了野蛮人。野蛮人看上了这块密林的生态环境，看准了生态环境派生出来的生态效益。他们要巧取豪夺，将城市森林的一部分切出来，为己所用。野蛮人的野蛮行径，将催生着这座小城的野蛮生长。

小树林是在城市生态环境的长远利益与野蛮人的眼前利益博弈中消失的。每当经营城市的理念被扭曲，追求眼前利益至上时，城市生态便会发生退化。

城市喜欢绿地，市民们喜欢绿地，这些被称为城市建设者的人们更喜欢绿地。不过，他们喜欢的方式是对地上树木的掠杀和对树下土地的占有。

有时，盖房者成为绿地的制造者；有时，又变为蚕食城市绿地的天敌。有时，政府是城市绿化的主导者，有时，政府又成为消灭城市绿地的推手。这两个重要主体的双重角色，决定着城市生态环境的变化与质量。

小树林消失了，拷问着城市管理者执行规划的刚性与定力，也拷问着政府与市民对城市生态环境质量的取向与追求。

小树林消失了，是政府管理者的失落，是市民群众心头的隐痛！

小树林消失了，取而代之的是砖头，是钢筋，是混凝土，是高楼，是住宅区。但是，百姓仍然把这密林般的楼宇叫作“小树林”。

深山里来了文化人

九九重阳，菊染太行。

这时的林州，寒秋落霜，天气渐凉。

太行菊乡茶店，一年一度的菊花节开展在即。漫山遍野的太行菊用万紫千红的姿态迎接着八方来客。

在太行深处的元家口村，住在老家尽孝伺候老父亲的相启兄，邀请来了他的老同事、老朋友郑欣淼夫妇。

郑欣淼何许人也？他便是国家文物局原局长，故宫博物院原院长，文化部原副部长，现中华诗词学会会长，闻名中外的文化学者。

10月25日上午，相启兄夫妇赶往安阳高铁站，将郑先生夫妇接来林州，安排下榻红旗渠迎宾馆。我是接到相启兄让我陪客的电话后，匆忙从外地直接赶往红旗渠迎宾馆的。我前脚到，相启兄陪同着郑欣淼夫妇也就到了。

见面，认识，问候。在握手招呼的瞬间，我用崇敬的目光注视着郑欣淼先生。他虽年逾古稀，两眼却炯炯有神，面色透着红润，身板挺直硬朗；面部浅浅的波皱里，隐寓着大文豪才有的斯文和智慧。尽管他入京为官多年，说话时还操着一口浓重的陕西腔。

对于郑欣淼，虽然久闻大名，却是百闻不如一见。如今，能拜见这位国内外著名的文化名人，也是“有缘千里来相会”了。

相启兄与郑先生是早年的同事和朋友，同年同月生，双双迈入古稀之年。他俩早年同在陕西省委机关工作，同住在一幢筒子楼里。工作上是同事，生活中是邻居。两家一见面，真像多年不见的老街坊、老邻居，有说不完的家常话，道不完的朋友情，问不完的家庭事，聊不完的过往情。尽管都是年逾古稀，一谈起几十年前的韶华岁月，脸上仍洋溢出青春的光芒。

我们边说边走进餐厅，简单地用了午餐。午餐后，便赶着去参观红旗渠。

在参观红旗渠的路上，郑欣淼夫妇提出不住宾馆，他们要与相启兄一家同住同吃同享太行深秋的景致。

推辞不过，相启兄只好让郑欣淼夫妇住在茶店元家口老家的老宅里。四位老人吃着蒸红薯，喝着南瓜汤，盖着粗布被，回味着年轻时艰难困苦的生活味道。夜间，他们抚今追昔，促膝长谈，兴致勃勃，不知不觉已至深夜。深秋时节，山里凉风习习，弯弯的月牙已落入西边的山后。夜幕下，山岚轮廓矗立于房前屋后；夜色里，萤火虫放射出点点荧光从夜空划过；仰望星空，北斗星清晰而闪烁着。此时此刻，深山里的夜显得空灵、幽然、寂静。

次日，是茶店镇一年一度的菊花节，茶店镇党委书记纪军法跑到元家口邀请郑欣淼夫妇和李相启夫妇参加菊花节活动。林州市文联主席尚翠芳和林州市诗词学会会长陈海生也带领林州诗词爱好者百余人陪同郑先生参加咏菊诗歌会。郑先生与诗友们以菊为媒，相互交流，成了菊花节耀眼夺目的风景，为菊花节增添了文化蕴涵和无限风采。

郑欣淼是情深义重的大文人。他携夫人林州之行的目的，就是专程看望李相启夫妇及其老父亲的。因而，顺便参观了红旗渠，参加了菊花节以及与林州市文联、林州市诗词学会就创建“中国诗词之乡”

进行了讨论交流，这是郑先生随缘的题外活动。

在与郑欣淼先生交流接触中，我深感他厚重朴实，为人随和，平易近人，处处彰显着人格魅力；他对基层工作了如指掌，对民情民意知之入微，对国情、省情、县情熟悉于心，在文化领域更是深研细琢，知识渊博，博古通今。简约平实的话语中，释放着意味深长的文化气息。

相启兄老家元家口，是个二三百口人的小山村，眼下常住村里的多是老人。老村老宅老胡同，石碾石磨石头墙，引起了郑欣淼先生的浓厚兴趣。在李相启夫妇引导下，他们房前屋后，背街小巷，岸上岸下，坡上坡下满村子转了个遍。他通过对相启兄出生地环境的深入了解，深深感慨相启兄往昔生活的艰辛与走出大山求学为仕的不易。

傍晚，夜色降临，一钩弯月挂在村前的山巅上空。相启夫人文菊嫂为郑先生夫妇亲手做了林州特色家常饭小米干饭和炒米汤，郑先生夫妇感觉味美可口，一人吃了一大碗，仍有食欲，无奈年事已高，控制了食量。

晚饭罢了，郑欣淼先生仍旧与相启兄对坐饮茶，思绪片刻，遂吟诗一首：

三天漫阅太行秋，
凉夜山村月似钩。
异域酒茶应有意，
自家瓜菜总无忧。
已知郭巨遗风远，
还羡紫荆生叶稠。
雁塔云烟卌年事，
痴翁一对话川流。

郑欣淼先生用七律一首，叙说了他在老朋友李相启老家里的所见所闻、所思所想和深切感受，他和老朋友多年不见面，一见面就想把四十年前的往事竹筒倒豆子似的一吐为快，表达了这位著名文化学者的人之常情和人文情怀。

隆虑巷

隆虑巷之隆虑，取名于西汉时林州置县始用县名。因此，隆虑巷，听起来，看上去，很像个古老的巷子。

说到巷子，很容易让人想到江南水乡那种铺着石板，傍着清溪，横着拱桥，泊着小船的幽深的街巷；也会想到北方的那种青砖蓝瓦白墙，大土砖头铺路，高门楼大照壁，宽墙飞檐花窗棂，一眼瞧到头的胡同。

其实，这隆虑巷是近些年才建筑起来的。这个小巷，除了缺少小桥流水，没有荷塘，没有清溪，没有渡船以外，整个巷子的建筑风格就是个南方徽派的风情。

隆虑巷都是一两层的小阁楼，一字排列全是商铺。房子虽然不高，但在规划布局上，高低宽窄错落有致，白墙灰瓦高山头，突出了徽派民俗建筑中的墙、檐、门窗等活泼的特点。

外地来客看隆虑巷，都会用历史的眼光、商业的思维去考量。会认为这可能是很久很久以前，徽商在隆虑县城里行商经营的一个集散之地，随着光阴流转，人去了，巷子还在，只是物是人非而已。这让外地人平添了许多对林州这座小城的联想。

现代建筑大师们追求的就是这种效果。他们往往凭借着自己的想象力，专注于在一条街巷，一座庙宇，一座院子，一棵古树上苦思冥想，巧做文章，为城市发掘出深厚的文化底蕴和灿烂的历史典故，从而增进人们对这座城市在文化历史方面的厚重感。

城市的规划者和建设者，煞费苦心地去设计、建筑这样一条古味十足的巷子，肯定是想追求这样一种效果的。比如，店面装饰，招牌字号，商业形态，经营品类，文化格调，汇聚人群，消费结构等等，通过多方面的合理规划，精心设计，运筹招商，刻意挑选，来塑造出一方体现地域文化底色、古韵绵延悠长、文旅气息浓郁、繁华且休闲的慢生活境地。

我到过南方多个古镇，去过大西南一些著名的古巷，也游走过不少北方的古城古院古胡同。这些个巷子、胡同，无一例外地都是当地流芳百世的知名地标。在这些地标里面，包裹着的都是当地货真价实的文化瑰宝，或是文物，或是典藏，或是书画，或是古玩，或是珍品，或是手艺，或是艺卖，或是杂耍，或是茶馆，或是药铺，或是名点，或是小吃，或是典当，或是票号。那些琳琅满目、古香古色的招牌匾额，有不少是很地道的老字号和百年老店。转悠这些街巷，自然而然地会把你带入这个城镇悠远的历史空间里，去分享曾经生活在这种环境、这种氛围里的先人们那时的文化、那时的生活、那时的清静、那时的乐趣。

去往这些街巷胡同里转悠的人们，大多是不紧不忙，不咸不淡，不温不火的，拐弯抹角地想找个雅致幽静的地儿，泡一壶老茶，约几位老友，一屁股坐下去就是半天，古今中外，天南海北，家长里短，没边没沿地唠嗑，漫不经心地评说着历史过往、人间烟火，品味着、享受着悠闲自得的慢生活。

隆虑巷表面上看，也具备了让人们产生这种生活品位、人文情愫的空间环境。但是，细观察，细琢磨，会生发出“金玉其外”的感觉。话又说回来，凡事都有个演绎进化的过程，地域文化、风土人情更需要深耕培育，接续文脉。不可能因为有了隆虑巷这个壳子，就指望着人们的文化品位、生活方式会自然而然地拔高到哪里去。人们认知水平的提升还是要潜移默化、循序渐进的。文化这种东西，装是装不出来的。就像一个富豪人家，穷的时候，拼命创业打拼，言行举止，举手投足，吃穿住行都没得讲究，一门心思地追逐财富。直到其家庭富有了，其家庭的价值观念才有可能从追求“财源茂盛”到“书香门第”的升华。

隆虑巷也是经济社会发展到了一定程度后出现的一种文化综合体，她既体现了人民群众对精神文明、文化文明的渴求，又呈现出空前的文化繁荣现象。就好比一个企业，从做产品到做标准，再到做品牌、做文化，一步一步地由低级阶段走向高级阶段。隆虑巷正是一个地区从农耕文明到工业文明，再到文化文明、精神文明转型的文化业态。地域文化的勃兴，迫切需要更多像隆虑巷这样有文化意涵的载体，去承载起地域文化多形态、多元化的健康协调发展。

桃园情结

城西南十余里，耸立着一座有角有棱、形似旧时花轿轿顶的绝壁崖峰，名曰轿顶山。山脚下有一面明镜似的水面，轿顶山的宏伟雄姿映照在涟漪的水面上时隐时现。旁边有个依山傍水的村庄，这便是桃园。桃园村把持着天平山一带重要的地理位置，向西是天平山景区，过景区走晋豫古道盘山而上攀至巅峰，便是豫晋界峰小西天了；村南经水库尾端向西南扶摇直上，即可登顶轿顶山，而后继续盘山而上，就攀登上豫晋交界闻名两省的金灯寺了；再从库尾顺谷底一直向西大约五六里，统称桃园里沟，实际上这里还散落着一个古村落郭家园村。

其实，这里山水相宜，曲径通幽，曾经是个非常惬意的去处。碧空如洗的蓝天，壁立千仞的岩峰，郁郁葱葱的森林，潺潺流淌的清溪，留着脚印的小路，自由洒落的村落，幽深，静谧，是一个清净心境、涵养精神的绝佳去处。说这里是世外桃源并无夸张。

早些年，礼拜天节假日，我会和家人一道赴桃园深处，把自己安放在一个闲适安静的环境，过上一阵子恬静淡然的生活。这里可以让你气定神闲，悠然自得。尤其是黄金周，少去了随滚滚车流轧马路、添堵的困扰，免去了去热点景区凑份子、拥挤的烦燥。持这种想法、这样认知的人一旦趋同，来桃园这种清净的地方的人竟然也一天天多了起来。每逢礼拜天节假日，心往一处想，人往一处走，竟然是人满为患了。现代人就是这个德性，一旦认知趋同，就会出现羊群效应。一轰而起，一拥而去。一旦去的人多了，也就被亵渎作贱了。

桃园的现状是令人堪忧的。幽静的河谷，平添了许多横七竖八的新房，河谷两岸开设了杂七杂八的饭店，饭店的生活垃圾、污水直接排放到清澈的小溪里；清澈见底的溪流中漂浮着食品袋、食品盒、塑料瓶、废纸屑；原本幽静的峡谷，时常会看到车辆停放得杂乱无序，绿茵草地被车辆无情地吞噬着。人脚稠了，车辆多了，管理缺失，人就会变得任性野蛮。

外来人员多而无序，人的素养也就随之退化矮化了。家在桃园峡谷里的村民们正常生活饱受纷扰，深受其害。对此，他们既愤慨，又无可奈何。他们原本盼着城里人来山里欣赏自然生态，享受城市里没有的蓝天、白云和清新的空气，给山里带来一股现代文明新风。行为自律，文明旅行，饿了吃点农家小吃，渴了喝点山里的大碗茶，走时买点山里的山珍山果，留下文明旅行的足迹，带走自己产生的垃圾，给山里人留下好的念想。岂料到，竟然有人反其道而行之，让土百姓都看不懂一些毛手毛脚的爱占小便宜之人，游着游着就顺手牵羊，拧走地里的茄子、黄瓜，拔走地里的萝卜，摘走坡上的南瓜，折损路边的树枝野花，抛下一袋袋垃圾。这德行，这出手，真是让山里人大跌眼镜，完全颠覆了他们对城市人的认知。

人多的地方一旦无序，无规可矩，无章可循，对原住民的正常生活就形成了伤害。这对祖祖辈辈居住在山里的人们来说是个不小的挑战。人们平静安稳的生活状态被打破，从早到晚陷入了一种纷扰、噪杂、慌乱之中。人们没有等来文明与繁荣，反而要眼睁睁地看着幽静的生态环境一天一天地遭受损伤，安全感、幸福感在逐渐地消逝。

尤其，驴友们野炊的方式对环境伤害得更直接。会生活的驴友们三五成群，越野车若干，进行一次野炊既要打开野炊场地，又要寻找石头支锅，还要拾柴毁树烧火，闹腾得狼烟四起。吃饱了，喝足了，尽兴了，拍拍屁股开车走人。丢下石头蛋、柴火灰、生活垃圾一大堆，一片狼藉。驴者炊者追求的是情调、感觉、浪漫，殊不知带来的是人性的自私野蛮，对大自然的傲慢，对环境的掠杀，对行为文明的亵渎践踏。

巍峨的轿顶山在鸟瞰着桃园沟的动静，汩汩的桃园小溪在倾诉着被戏弄的感受，平静如镜的桃园水面在映照出秀美山水的同时，也照射出人们行为的美和丑！桃园峡谷的山美水美人更美，美哉勿用打扮，美哉勿用描绘，美得自然，美得决绝！她有勇气与黄华山比仙气，与洪谷山比禅意，与大峡谷比雄浑。唯一无可比的是缺少官方的关照和爱抚！

鲁班豁与鲁班文化

巍巍太行山，绵延八百里。最雄浑、最险峻、最壮观的一段，要数河南林州境内的百里画屏——林虑山了。林虑山是横亘绵延上百里的绝壁悬崖，犹如刀劈斧砍，鬼斧神工，形成了矗立在河南、山西两省间的天然屏障，阻隔了广袤无垠的华北平原通往黄土高原的去路。

相传，春秋时期（公元前507年—前444年），鲁国工匠鲁班跋山涉水一路向西路过林虑山，被眼前的百里悬崖绝壁挡住去路，其险峻陡峭绝难跨越，遂抡起手中板斧，在林虑山上猛然劈开一个高约250米宽约110米的巨大豁口，造就了人们西去翻越太行的关隘便道。后来，人们为感恩这位鲁国工匠，将这个豁口称为鲁班豁。

从此，鲁班与鲁班豁成为林州民间文化的一部分，从古到今，一辈辈一代代传唱不绝，至今仍深刻影响着林州的社会和经济发展。林州地处晋冀豫三省交界，史上险山恶水，土薄石厚，穷乡僻壤，交通闭塞，封闭落后。由于天时地利诸多不利，把人们逼上了外出逃难的绝路。清末民初时期，旧林县人成群结队迁徙山西，逃荒逃命，络绎不绝；逃亡中，客死他乡的人不在少数。在与逃亡的命运顽强抗争、殊死搏斗的过程中，人们逐渐将鲁班精神、鲁班文化、鲁班手艺进行发掘整理，学习运用，在生产生活实践中自生自养了一批批建设工匠，包括木匠、石匠、铁匠、窑匠、泥瓦匠、小儿匠等能够养家糊口的本领。后来，林县人外出，完全靠气力、靠手艺、靠诚实劳动吃饭，涵养成就了“逃荒不要饭”的铮铮骨气！

先人们把鲁班豁的故事和鲁班精神完美融合起来，赋予了其历史的、现实的、古代的、当代的时代蕴涵，不断演绎出具有浪漫主义与现实主义文化色彩的鲜活的时代故事，将鲁班视为林县本土工匠手艺的祖师爷，祖祖辈辈供奉着、学习着、践行着、传颂着，逐渐形成了极具林县特色的地域文化，即工匠文化。工匠文化、工匠精神，为这个不沿边、不沿海、不沿交通枢纽的三省交界山区县稳稳崛起注入了勃勃的生机与活力。

新中国成立后，党领导人民进行了半个多世纪的“重新安排林县河山”的艰苦卓绝的奋斗，谱写出林州发展史上“战太行、出太行、富太行、美太行”的四部曲。在这伟大的奋斗篇章里，篇篇都蕴含着鲁班文化和工匠精神，曲曲都飞扬着鲁班智慧的和谐律动的音符。

战太行是在上世纪六十年代，林县人民在党的领导下，面对十年九旱，水贵如油，严重缺水的难题，不畏惧，不逃避，迎难而上，“宁愿苦干，不愿苦熬”，苦干十年，在太行山悬崖峭壁上，逢山凿洞，遇沟架桥，削平1250个山头，架设152个渡槽，开凿211个隧洞，修建各种建筑物12408座，建成了全长1500公里的“引漳入林”引水工程——人工天河红旗渠，将滔滔漳河水通过红旗渠引入林县，使60万亩干旱土地变成了水浇田。在修建红旗渠的过程中，那一架架渡槽，一孔孔隧洞，一条条渠线，一块块渠石，无不渗透着鲁班智慧的结晶，这是鲁班文化、智慧、技艺集大成的宏大水利工程。

出太行是经过红旗渠工程建设的十年，培养造就了一批批各怀技艺的建筑工匠，为后来的建筑产业发展锻炼了队伍，培养了人才，奠定了基础，为“十万大军出太行”在思想上、组织上、技术上和物质上做好了充分准备。从上世纪七十年代后期开始，修建过红旗渠的工匠们除一部分被国营建筑公司招用外，大批大批的建筑工匠逐渐奔赴全国各地参与各类工程建设，县级、公社、大队陆续组建起了外出建筑管理机构，县里和公社开始组织建筑公司，有组织、成建制地走出大山，到大中城市承包工程，出现了“十万大军出太行”史诗般的宏大阵势。经过半个世纪的发展，总承包特级、一级、二级企业已经达到1000多家，从业人员达到10万人以上，建安产值突破1000亿元。建筑产业已经成为支撑林州发展的主导产业，建筑产业产值占经济总量的70%，建筑产业税收占到财政收入的70%，成为林州共同富裕的必由之路。

富太行是说林州建筑业的持续健康发展，为林州各级财政和人民群众带来巨额财富，为经济和社会的全面发展注入了新的动能。林州财政收入的70%来自建筑业，社会就业有70%的劳动力在建筑企业，银行资金储蓄的70%来自建筑业。上世纪九十年代初期，时任河南省委书记的李长春赞扬林州建筑业发展是“五子登科”：即外出建了房子，挣了票子，饱了肚子，换了脑子，找到了发展经济的新路子。靠建筑业实现原始积累的林州人，在上世纪八十年代就开始以发展社队企业起步，大力发展工业企业和乡镇企业，发展工业园区，经过四十多年的科学规划，合理布局，集约化发展，逐步形成了国家级经济技术开发区和国家863科技园区等国家层级的开发开放、创新发展的高地，使林州经济发展全面驶入了高质量发展的快车道，数度进入全省十强和全国百强行列。

美太行是林州市委、市政府带领人民坚持习近平新时代中国特色社会主义思想，坚持“五位一体”的发展理念，坚持以全国文明城市、国家生态城市、国家园林城市、国家卫生城市、国家级经济技术开发区为抓手，全面推进精神文明、物质文明、生态文明建设，将林州市建设得更加干净，更加文明，更加幸福，更加美丽。

林州人民为了感念鲁班大师的恩泽，上世纪九十年代在市区的龙头山上建设了气势恢宏的鲁班庙，2017年又在“建筑之乡”采桑镇建设了古香古色的鲁班街，雕塑了全国最大的鲁班像，成为林州地域文化的象征和地标，成为成千上万建筑工匠、建筑企业崇尚拜谒的精神家园。

在过去的七十多年里，林州经济社会得到了持续、健康、快速发展，离不开党的正确领导，离不开林州人民“宁愿苦干，不愿苦熬”“自力更生，艰苦创业，团结协作，无私奉献”的红旗渠精神，也离不开林州人民长期秉承的“鲁班精神”“工匠精神”。红旗渠精神、鲁班精神、工匠精神是一脉相承的，一起构成了林州地域文化的灵魂，始终滋养驱动着人民为了美好的明天奋斗不止，永不停步！

绿色家园梦

郑培和黄梅老两口都是中学教师，一起上的大学，一块分配的工作，都在同一所学校教书，又一同办了退休。

退休后，两人闲得无聊，拾掇了一下家当就回了郑培的老家。

老家锅碗瓢盆、柴米油盐现成，拾把柴火就能做饭，生活起来很便当。

开始几天，邻里邻居还不知道他们退休还乡，登门拄话的少，他们觉得冷清寂寞。

过了几天，乡亲们知道他们回来居住了，很是高兴。东家送升米，西家送把菜，手头活儿闲了，就上门来跟他们聊天。谁生病了，谁长寿了，谁家孩子娶不上媳妇了，谁家准备在城里买房了，谁家孙子上不了学了，等等。家长里短，东拉西扯，天南海北，很是热闹。

黄梅老师是南方人，城里生城里长，开始觉得寂寞，现在觉得烦躁。

为了躲避邻居们没完没了的串门子唠嗑，黄梅建议早出晚归，去山上转转，去河边走走，中午带点干粮或找个人家吃个便饭。一来锻炼了身体，二来图个清静。

郑老师说，好，听你的。

他们决定先在老家的山上转转。

郑老师说，从小上学出去，平时很少回来。他想顺着小时候种地割草常走的小路，找回童年的记忆。

黄老师觉得这是一件很有趣、很浪漫的事情，便说，好主意，你走哪儿我跟哪儿。

他们鸡鸣起舞，简单行装，蹒跚前行，去寻迹杂草丛生中的曲折小路。

郑老师边走，边追忆，边诉说着青少年的时光。

他说，他上中学之前，有一半时光是在这山上度过的。那时，兄弟姊妹多，劳动力少，家里困难，吃饭穿衣都成问题。父母态度很明确，谁念书都支持，但要勤工俭学。上学不能耽搁挣工分，书本费自己想办法。觉得自己能上就上，不中拉倒，在家干活。

郑老师说，我们兄弟姊妹们都拼命地往山上跑。因为，这山上蕴藏着我们想要的东西，比如，远志、血参和全虫。

父母对我们的劳动成果是分开记账的。上五年级的时候，割草沤肥，一年三四十个工分；挖药材捉蝎子，一年卖出一二十块钱，都是从这山上取得的。

说到动情处，郑老师两眼泛红，鼻子发酸。

他说，这山呀，真是我终生的靠山！

黄老师心里明白，郑老师是个知恩图报的性情中人。

他们说着忆着，话道着，不知不觉爬到了山的高处，看到了村子和沟沟壑壑全貌。

黄梅老师问，那村边绿色的地块种的麦子吧？是的，郑老师回答。

那一沟沟枯黄的秸秆枯草呢？黄梅老师又问。

郑培老师说，那是乡亲们撂荒的土地啊！这几年，乡亲们种粮成本高，不划算，把土地撇下不种了。

这，多可惜呀！黄梅老师惋惜地发出感叹。

两人无语，陷入深思。

片刻。黄梅老师打破沉默：郑培，我们把这些撂荒的土地收拾起来怎么样？你是学生物的，我是学园艺的。要不，我们折腾一番，响应国家号召，来个二次创业？干他个老有所为！

怎么个二次创业、老有所为法儿？郑培老师反问。

你听我说，其一，国家提倡土地流转，我们把这闲置的土地通过流转集中起来，规划使用，既解决土地撂荒问题，又解决农民收入问题；其二，我们将收来的土地，连同山坡统一规划，耕地上种植高品质果树，如樱桃、桃、梨等，山上规划一些景观树种，如红枫、红花槐、银杏等品种，几年下来，就是一道风景线；其三，我们请有关部门帮助在河谷底适宜处，规划建设拦河坝堰，拦截过境水，蓄住天上水，形成水体水面，既可解决种植用水又可形成水体景观；其四，我们可以利用林下土地，发展林下经济，种植一些无公害蔬菜、小杂粮，散养一些不用饲料喂养的鸡、鸭、鹅什么的，形成一种动植物相互依存的生态链条，生产一些纯天然纯绿色的食用品。这样，我们先把自己放在一种绿色环境中，进而影响和带动乡亲们一起参与到我们的绿色家园计划中来。

黄梅老师一口气说完自己的想法。

郑培老师听着听着，瞪大了眼睛。看着和自己三十多年相濡以沫的老伴，激动得半天才说出话来：厉害呀，黄梅，从哪儿弄来的这一套！

好，我看中！咱就来个二次创业，干他个老有所为！郑培老师激动得紧紧握住黄梅老师的手，说：干！

认识秦雨

认识秦雨是二十年前的事。当时我在陵阳经济开发区工作。

洹河大桥落成后，为推动洹河南岸开发，规划在陵阳大街与洹南路十字街心处建一地标性建筑物——托起朝阳。秦雨得知这一信息，找上门来推荐他关于“托起朝阳”这一立意的设计理念。我记得他的创意是两只巨臂合捧一轮火红的太阳，寓意陵阳经济开发区如旭日东升，蒸蒸日上。虽然此计划搁浅，未付诸实施，却带给我初次认识秦雨的机会。

秦雨那时刚从学校毕业，二十岁出头，个头不高，语言不多，内敛质朴，说话谈事情还带着学生腔。后来因工作关系，联系不多，甚至我都忘记此事此人了。

再次见到秦雨是我在市委宣传部工作期间，因分管宣传文化工作，在这个工作圈子里不断听到秦雨的故事，接触秦雨的机会也就渐渐多了。2004年春夏之交，宣传部组织邀请首都书画界莅临采风，以此推介宣传林州旅游资源。我让通知秦雨参加这个活动，一来出于对北京宾客的尊重，有同行陪同；二来也给秦雨一个交流的机会，广交朋友；三来也借此展示一下林州书画界的实力。

秦雨如期而至。但他那副行头令人不敢恭维：光着头，敞着怀，脸庞黝黑黝黑，手里拎着一个简易塑料袋，袋子里装着书画用的笔墨，极像一个刚从建筑脚手架上下来的泥瓦匠。我审视着他那副模样，揣摩着他的表情反应：他是对北京来的同行老师玩世不恭与不敬呢？还是用自己朴实无华的方式在向客人展示林州文化人的质朴？

在阳光宾馆会议室里，铺摆着书画家们挥毫泼墨、一展风采的展示平台。艺术家们都在梳理着自己的才思，敏捷地运筹着自己手中的神奇之笔。

秦雨也占据了一个桌面，铺展了宣纸，大小画笔颜料准备就绪。他默默地思索片刻，挥洒自如地运作着手中的彩笔，涂抹着一幅北方山水的框架。他时而浓墨重彩地勾勒出雄宏伟岸的太行岩峰，时而淡雾轻抹地描绘出若隐若现的远处山岚，时而龙飞凤舞般地挥洒出奔流宣泄的瀑布与滔滔溪流，时而精雕细凿般地构筑出置入仙境般的山庄窝铺。壁立千丈的红岩，云雾缠绕的远山，飞流直下的瀑布，诗意盎然的人烟，一幅蔚为壮观的北雄风光展现在了众人面前。

画家们围过来，纷纷从专业的角度对秦雨刚搁笔的作品进行点评。可以听得出、看得出，各位书画家对秦雨还是刮目相看的。而这时的秦雨却露出腼腆的笑容，双手合十说：献丑，献丑，请指点，请指点！

秦雨的创作离不开大山，更离不开生他养他的林虑山。自打他学校毕业后，他就和巍巍太行融合在了一起，心无旁骛地修身习画。经过二十年砥砺磨练，他在山水画艺术创作生涯中练就了扎实的功底。他可以将雄险秀奇的山水搬入袖珍的画框里，也可以将波澜壮阔的壮丽画卷变成可雕可凿的实物景观。

在太行峡谷深处，在悬挂云端的太行天路，只要有供游人驻足的观景点、观景台，大到景区片区规划，小到一个单体设计，都能感受到秦雨挥洒的手笔和艺术元素。譬如，太行天路行程中的“太行之门”，构思立意高远，设计简约通透，建筑就地取材，形体美轮美奂，仿佛立于苍穹云层之上。当你跨越“太行之门”的那一刻，它就为你提供了挥洒丰富想象力的空间，赋予了你无限的遐想。透过“太行之门”，你可以眺望到巍峨连绵的群山、广袤无垠的平原和宽广无际的海洋。

我时常观察揣摩着平凡无奇的秦雨，这个一副农民装束的年轻人，光着脑袋，卷着裤腿，那敞开的胸襟里，竟然装着八百里太行山的阳刚之美！

辛丑雨殇

辛丑之雨，记忆深刻，值得记录。从气象角度说，辛丑之秋是极端天气频发。从7月19日开始，连阴天持续，大雨、暴雨、大暴雨，一场连着一场，黄色预警、红色预警，一个接着一个。一直到10月上旬，断断续续的大雨小雨，淅淅沥沥仍在下着。从黄淮到淇卫，暴雨成殇，洪灾在袭击着郑州、新乡、鹤壁的千万人民。

就家乡而言，今年的降雨也是特别超常的。以往，年均降雨量不过300毫米左右，而今年一反历史常态，仅7月份的降水就超过往常一年，局部单日最高降水量达到了500毫米以上。而且，8月份、9月份降雨持续，连续降雨量已突破了1200毫米。这样的气候物象，也真是百年未有之大变局也!

有人夸张地说7月中下旬的暴雨是千年一遇，但未得到千年来逐年降雨数据的支撑。尽管如此，八九十岁以上的老人证实，今年的降雨是史无前例的。

本来，老天下雨是好事，平素里百姓祈祷乞雨，政府高炮射雨都感动不了上帝，乞不来雨。今年不知是百姓乞雨的行为感动了上帝，还是老龙王发威，不下则已，下则没有节制，没完没了，下得人间水患四起，泛滥成灾。成灾的范围之广，灾情之重，恐怕是当地有降水记录以来之最了。

凡事都有个尺度，适度则和谐，过度则偏废；世间一切事物也是在平衡的状态下发展变化的。平衡是事物运动的总则，平衡则成立则发展，失衡则停滞则失败。家乡十年九旱，缺水盼水，乞雨盼雨。但雨水过量了，就超出了人们的预期和地表的承受能力。

今年的天气和雨情完全处于极端失衡状态，长时间的大雨暴雨特大暴雨，异乎寻常地打破了生态需求的平衡点，严重地超出了地表生态的承受力，短时内呈现出超饱和状态。“风如拔山怒，雨如决河倾”（宋·陆游），山峦洪溢，江河横流；城市内涝，平地为川；小巷行轻伐，大道驶舟船；亿万良田变泽国，万千民众遭水患。这便是黄淮流域城乡洪区的真实写照。

当你通过卫星把镜头对准南太行林虑山东麓，对准林州盆地，对准洹河源头，六派汇陵的真实图景历史性地展示在眼前，地处洹水两岸的陵阳镇中心区及洹水公园被茫茫洪水覆盖，洪水淹没了政府大楼一层地面，洹河大桥纪念碑依然顽强地矗立于洪流之中，洪水的高程，已经超出1996年8月3日大洪水时水面10厘米之多！

在家乡，苍穹低沉，黑云压顶，秋雨滂沱，已有四天四夜没有歇息。村子里，房坡屋檐滴水如注，狭窄的胡同如渠，水流湍急；山岭上，从脊到坡，一条条白色的水带，从岭脊顺坡飞泻而下；田地里积起了明晃晃的水洼，顺着岸头溢流出来；河谷里的水愈汇愈多，泛滥成了洪水，汹涌地奔泻向淇河河谷。

家乡经受千百年风雨洗礼的山庄窝铺、山岭沟壑、层层梯田，在这次大雨中受到了严重摧残。老旧房屋垮塌，大量山坡地堰地石岸被洪水冲刷坍塌，土源严重流失。灾难袭击无处不在，农田水利设施建设成果毁于一旦。

雨停了，村里、地里、坡根上的溅水坑积，渗出一股股泉水，秋耕秋种已经无法正常进行。农人们只盼着阴雨天退去，让太阳晒上几天，人们能进入田里，把未收的庄稼收了，把未耕的农地耕了，把小麦播种了。只能把期望寄托于来年了。

辛丑年的雨，真是让人们过透了下雨的瘾！

寸草悠心

祖父的品格

祖父去世的日子是1976年9月18日。

这天，正是伟大领袖毛主席逝世追悼大会的日子。大队追悼会会场，采用柏树枝和黄色的野菊花、白色布幔和黑色布条布置而成的毛主席灵堂，庄严肃穆。会场上的黑白电视里、大喇叭里和家家户户的小广播里，播送着天安门广场及全国各地举行毛主席追悼大会的实况。整个会场哭声一片，哀乐悲声此起彼伏。举国上下，到处都沉浸在极度悲痛之中。国丧家哀，紧紧地连在了一起。我们和大队的干部群众一起参加了毛主席追悼大会。

毛主席追悼大会结束后，悲哀仍在弥漫着。大队领导随即带领党员群众赶往我家，为我祖父举行了追思会。之后，按着村上的习俗，对祖父进行了安葬。

祖父是在对社会、对生活、对自己完全丧失信心的情况下闭上眼睛的。他走得坚毅，又带走了不尽的牵挂。

9月9日，在病榻上的祖父，听到收音机里传来毛主席逝世的噩耗，他失声痛哭了很久。他认为，他们这代人是幸运之人，尽管解放前饱受战乱饥荒之苦，但毕竟毛主席带领穷苦人翻身得解放，过上了太平安稳的日子。他担心，没有了毛主席，小日本会卷土重来，蒋介石会反攻大陆；他担心，三座大山会重新压在百姓头上，社会主义道路会改变颜色；他更担心，下辈的人要重吃二遍苦，重受二茬罪。想到此，他绝望地闭上眼睛，拒绝吃药、拒绝吃饭、拒绝饮水，一直持续到毛主席追悼会这天早晨，才停止呼吸。

祖父是村上一名老党员。1945年，家乡刚刚解放，他就由冯举沟村李太福介绍入党。之后，他按照党的要求，做了他力所能及的工作。他在村党组织任过职，长期担任丁家庄村的党小组长。他是共产党执掌政权后第一代受益者。

祖父打心眼里感激党，感激人民政府。他对解放后，党和政府分房分地给人民群众，并且组织群众、发动群众、依靠群众，发展集体事业，改善生产生活条件，逐步提高群众生活水平，感到很满意，很满足。他对党充满着热爱和担当，他常常以一个纯朴农民所具有的朴素感情对待党，对待群众，对待党分配给他的工作。

祖父出身贫寒。他前半生在饥饿屈辱中劳作，后半生在体面尊严中劳动和生活。

1906年，祖父出生在一个破落的富裕家庭。他的曾祖父丁启贤（丁老嘉）曾拥地百十亩，是一方富户，曾跻身于大清国子监（监生），说明其家景并非一般。但到了祖父的父亲丁怀俭时，由于其少年时外伤致残，不能参加体力劳动，弟兄分家后衰败很快。尽管祖父姥姥家与丁家门当户对，也是东姚集上有名的富户。但嫁出的闺女泼出去的水，救急不救穷。以至于曾祖母四十九岁那年患上痞疾后，因无力医治过早离世，祖父从小便挑起了家庭重担。

祖父十四五岁就开始靠外出当长工维持生活，一干就是二十年。这期间，有人劝祖父跟着流离远乡去讨饭。祖父说，饿死不讨饭！有手有脚能劳动，不信顾不了这张嘴！后来他向我们谈起这段经历时，充满着对旧社会、对地主阶级的怨恨。他说，他不能理解旧社会、旧政府那种对待穷人的做法；不能理解富有人家对待穷人的态度，包括他姥姥家的人。他说，在他母亲病重和失去母亲后，曾去姥姥家借钱借粮而遭白眼，以至于走上长期扛长工还债之路。因此，他发自肺腑地感谢共产党，感谢毛主席，让他这样的贫苦人翻身得解放，分得了土地，体面地走到人前。他对党忠心耿耿，一心一意，拼命劳动，就是想用自己的全部力量报答党的恩情。

在我的记忆里，祖父是公私分明、不谋私利的人。在大食堂年代，我刚四五岁，吃喝都在集体大食堂，不允许家庭里起火做饭。我们家里就只有打饭用的瓢盆、柳筒儿，别无其他灶具。在大食堂里，分得的饭量吃不饱，经常饿得饥肠辘辘，哭喊着向奶奶要吃要喝。偶尔也看到过别家冒烟起火的，奶奶忍不住翻腾出锅灶要给我们弄点吃的。爷爷知道后，毫不犹豫地砸了锅灶，断了我们的念想。有一次，实在饿得不行了，又向奶奶要吃的。奶奶说，你爷爷今天去刨红萝卜，快去半路上等他。等他挑着担子上台阶走慢了，你伸手去他箩头里抽两个就跑回来。按照奶奶的吩咐，我跑去通往食堂的台阶路上等。不久，爷爷果然担了插满红萝卜的箩头，向大食堂的路上走。我趁着周围没人，顺手抽了个萝卜边跑边吃，不料还是被爷爷发现了。他撂下担子，大步过来从我手里夺下红萝卜，放到箩头里，头也不回地向大食堂走去，丝毫没有理会我的哭喊声。为此，奶奶和爷爷生了场大气。直到我高中毕业了，参加工作了，领工资了，回老家时不忘给爷爷奶奶买点水果点心。奶奶都不忘记说上一句：早先吧，一个红萝卜，都不敢让孩子吃。现在可好，孩子给你买东西吃。爷爷感觉很不是滋味。我倒是对爷爷更加肃然起敬了。

祖父在生产队时期，当过党小组长，当过生产队长。他干活一马当先，专挑苦活累活干，从不惜力。那时，家乡山路坎坷，交通不便。往山地送粪，收获庄稼，全靠肩扛担挑。往地里挑粪时，大家都用箩头挑，一担农家肥，也有六七十斤重。祖父嫌箩头挑得少，就用荆条篮子挑，一担顶两担的量。地里的农活，他各活儿不挡，再苦再难也难不倒他；在各项集体劳动中，队里的社员，无论男女老少，个儿大个儿小，无人敢向他挑战。直到现在，一些健在的老人，谈起祖父时，都是从内心里佩服他，说那时候的党员才叫真正的共产党员。遇上急难新的硬头活儿，哪怕是拼上老命，也是要拿下来的。现在看到的大寨田、旱井窖、田间路、配套渠，都留下了祖辈们战天斗地、改造山河的奋斗踪迹。常言道：打铁先要自身硬。祖父在党小组长和生产队长的岗位上，吃苦在先，享受在后，率先垂范，事事处处严格要求自己，真正起到了一名共产党员应有的先锋模范作用。

由于长期劳累过度，透支体力，祖父积劳成疾。年逾六旬时，就患上了脊柱方面的疾病，脊背向前弯曲，严重驼背、佝偻。就体质而言，他是根本无法参加重体力劳动的。尤其是他晚年又患上了恶性肿瘤，体质更加虚弱。尽管如此，他还是以顽强的毅力，坚持不懈地参加集体生产劳动。作为党的普通一员，可以说，他坚持尽责尽力到生命最后一刻。

1975年秋忙过后，祖父感到了饮食不适。父亲知道后，接他到县医院进行了检查，检查结果是食管癌晚期。由于他体质瘦弱，医生不建议手术，决定实施药物治疗。祖父看到父亲为他花钱买了很多药物，非常生气。他说，已经七十岁的人了，新社会、新生活都享受过了，死也值了，坚决反对在他身上花钱。为了节省治疗花费，他瞒着父亲跑回了老家。当父亲赶回老家去找祖父，祖父早已参加了生产队集体劳动行列，怎么劝也劝不回来。一直坚持到他吃喝困难了，体力不支了，才躺倒在床，勉强接受维持性治疗。

我清楚记得，每次回去看望他老人家时，他都在忍受着病痛的吞噬。就是在这样的情况下，他还坚持拿着被他翻得陈旧了的毛主席语录，边翻边学习，边收听喇叭广播，还要打听县里的形势。临别时，也不忘叮嘱一番：要坚守岗位呀，积极工作呀，追求上进呀，争取入党呀等等。

祖父生前对自己身后的事情也作了安排。他坚持不用棺材，说躺在棺材里不透气，闷得慌。自己准备好了一张小木床，用纱布罩着，死后就用小木床，不能给他换；他说衣服干净就行，不要花钱买新的；他还说他死后别惊动大家，不要给大队添麻烦……

四十年过去了，我这个做孙辈的也到了花甲之年。每每忆起谈起我的祖父祖母他们老一辈艰难困苦的经历，都会给我们这些晚辈们一些启迪。那就是：无论何种社会环境，何种生产生活条件，都要靠自己勤劳的双手，去实现体面的劳动；靠自强不息的精神，去得到有尊严的生活。现在，我们的物质文化生活丰富了，社会环境宽松了，更需要培养自己独立的人格，学习祖辈们“诚实劳动，勤奋工作，艰苦朴素，知恩图报”的优良品格。

母亲的力量

母亲在弥留之际，兄弟姊妹都在场。多种疾病把母亲折磨得早已失去知觉，她已经没有痛苦的反应。能够感受痛苦的只有她的子女和亲人。

天下着雨，越来越小。亲属们在紧张有序地准备着母亲的后事。

当母亲与生命作最后告别时，她的面部和嘴唇表现出异常。我将面部贴近母亲的面部时，我感觉，母亲的生命体征正在退去。兄弟姊妹们同意拔掉维持母亲生命的输液针管和吸氧管，将母亲从病榻上移至准备好的草铺上。

小雨停了。母亲呼吸停止了。这一时刻，定格在2007年9月18日下午5点25分。

母亲生前在轮椅上度过了四年，在病榻上度过了两年。最后两年，生命完全靠药物、吸氧维持着。

母亲去世后，在家里仅停留了三十六个时辰。头天夜里，我守在母亲的灵前，用泪水写下了《悼念母亲》的五言百句，来寄托我和兄弟姊妹对母亲的深切怀念和哀思。

一

1934年腊月廿三，母亲出生在东姚冯举沟村的李姓人家。她父亲在兄弟中排行老三，勤劳朴实，长于耕作，完全靠种地为生。家境虽说不上富有，在村里也算得上是殷实庄户。

母亲九岁之前，过着衣食无忧的安定生活。

1942年夏天，日本侵略者将战火烧到白云山南侧的鸡冠山下的冯举沟村。穷凶极恶的日本强盗，进村后烧杀掠抢。姥爷姥姥带着幼小的母亲躲藏在村南坡岸根的扁豆秧下，眼睁睁看着自家的房子被日本兵放火烧毁。

人是躲过了生命危险，但是整个院落化为灰烬。本指望着地里庄稼能有收成，接济着度过这个坎。偏偏祸不单行，又遭遇了蝗虫灾害。蝗虫铺天盖地而来，所过之处枝叶不留。

没粮食吃，没房子住，断了一家人的后路。生性倔犟的姥爷觉得无法在村上生活下去了，他捡了一副箩筐，担上女儿，带上妻子，一路讨饭向山西而去。他们随着西上逃荒的人群，过合涧爬越花园梯进入山西境内。当他们翻山越岭到达玉峡关一带时，由于姥爷悲愤交加，饥饿劳累，身体极度虚弱，患上了伤寒和背部疮疾，他一直爬到自己再也走不动了，再也无法陪伴妻女走下去，最终倒在了逃荒路上。姥姥向老乡借来锨镢，就地掩埋了丈夫的尸体，带着女儿，顺原道一路乞讨，返回了家乡。

二

我对母亲的最初记忆，是从老家小东屋里开始的。这是两间狭窄的小草屋，宽不足一丈，长不足两丈。里间盘有对称的两个土炕，外间摆放了一张柴桌子，还盘了烧柴的锅台，既是门庭又是伙房。母亲十八岁嫁到丁家，就一直住在这两间小草屋里，生养了我们兄弟姊妹五人。

记忆里，我是在母亲怀抱和身前身后成长的。无论是母亲做针线、洗衣服、烧火做饭还是下地干活，我都是母亲身边的小尾巴。我记得儿时最有趣的事情是，冬闲了，母亲不用下地干活了，就坐在炕上做针线，一边做一边给我们讲故事。比如孟姜女哭倒长城啦，牛郎织女啦，梁山伯与祝英台啦等等。这样，可以稳住我们，不打扰她做针线活。我们吵吵起来时，她便会讲狐狸精偷挖人心和狼下山后专找不听话的小孩子等骇人听闻的段子，吓得我们钻在被窝里不敢吱声。我们小时候穿着打扮，衣裤鞋帽，都是母亲一针一线缝制出来的。有时，为了我们第二天能够穿上新衣裳、新鞋子，她会挑灯夜战一通宵。

我依稀记得，在大食堂和三年困难期间，哥哥七八岁，我四五岁，大姊妹刚出生，正处于需要充足的食物营养促进生长的关键时期。但大食堂里打回来的份饭，还不够我哥俩吃。往往是我们先抢着吃了，母亲就只有涮涮打饭用的柳编桶子，将就着艰难度日。而她还要为刚出生的大姊妹哺乳啊！这种时光，我们一直坚持到1961年6月大食堂解散。解散大食堂，是国家在三年困难时期作出的无奈选择。

食堂解散了，自然灾害又接踵而至，温饱问题仍然是生存的现实问题。在此情况下，母亲面临着新的情况是，一方面要按时参加生产队集体劳动，另一方面要把从生产队分得的口粮做成可食用的饭菜，保证一家几口人的一日三餐，还要照顾我哥哥上学读书以及我们兄弟姊妹们的生活起居。

让我不可思议的是，在那样一个年代，那样一种经济条件下，那样一种生活环境里，母亲是用怎样的智慧和力量，来支撑如此的重负呢?

三

我们孩童时代，母亲清秀端庄，衣着合体干净。尽管她为了我们的成长过早地透支体力，但她身上始终散发着不尽的活力。

我的记忆中，父亲在外工作回家较少，生产队农活就落在母亲一人身上。家里没有男劳力，孩子又小，女人就得顶上，这也是生产队干部们的思想。所以，生产队里安排生产任务，基本上是按照男壮劳力标准安排她干农活，母亲毫无怨言。

母亲什么苦都吃过，什么罪都受过，什么农活都干过。挑担子、挑粪、犁地钹地、摇耧耩地、插秧下种、收割打场，哪样农活也挡不住她。但她毕竟已是几个孩子的母亲了，实际上其身体素质和体力、精力都无法与男劳力去比拼。

但是，母亲总是说，人要脸面树要皮，不蒸（争）馒头蒸（争）口气。咱承认力气没有人家大，脚步没有人家快。要想赶上人家，只有笨鸟先飞。

为了完成生产队安排的任务，母亲时常披星戴月，起早贪黑，决不拉集体后腿，决不受人闲话。那些年头，母亲下地劳动，我们割草积肥，一年下来要挣三百多个工分呢！

后来，我们一天天长大了，能够替她挑水挑粪了，能够替她承担更多的农活了。但是，她还是坚持自己亲力亲为，下地劳动，为的是多挣工分，多分口粮，少拿钱。再后来，生产队不存在了，分田到户了，子女全部都成了硬劳力。但她在家待不住，一有时间就往地里跑，坚持干一些力所能及的农活，一直到她病倒了，实在不能再参加体力劳动。

四

1970年春节期间，父母酝酿了一桩关乎家庭前途命运的大事，就是父母携我们兄弟姊妹五人，要举家迁往东姚镇东三里的东沟村。

这件事，肯定是经爷爷奶奶商量同意的。因为东沟村是母亲从八九岁生活到出嫁前的姥姥家。这个重大举措，为我们这辈人走出深山区，改善生产生活环境，提供了有利条件和发展空间。

我记得是阴历正月初八一大早，从县城开来的一部嘎斯卡车，停靠在老家丁家庄村下的路边，等待着家里人，从我们居住的小草屋里，一件一件地把全部家当搬上去，然后，送往我们的迁徙地东沟村。

爷爷、奶奶和父母一边搬着东西，一边哭，一边数落着家境的寒酸：全部家当就是父母结婚时的一张柴桌，一个油漆的箱柜，两三床用着的旧铺盖和两三包衣物，两三个盛水盛粮的大缸，两三布袋粮食及锅碗瓢盆。东西搬腾完了，仅装了半车厢。爷爷又搬来了几捆干草，说是让铺炕用，实际是楦车厢。这就是当时我们七口之家的全部家当。

汽车发动了，爷爷奶奶、叔叔婶子、邻里乡亲都在抹着眼泪。

我们上车要走了，爷爷含着泪水上前抓住我们的手，“你们要常回来呀，这里才是你们的根，你们的家啊！”爷爷一句话，让我突然有种生死离别的感觉！

在东沟村，暂借房子安顿了下来。父亲和哥哥上班去了，我和大姊妹转到东沟学校上学。二姊妹和三弟还小，母亲照看着，忙了就扔给姥姥。东沟的一切事情又落在母亲一个人身上。在东沟的生产生活，虽然有姥姥家帮助接济，遇事有舅舅出面帮忙，但生产队的生产任务和繁重的家务，还是母亲独自承受着。

这些事情对母亲而言，不足为惧。真正使她感到压力山大的，是需要从零起步，新建房屋。眼下家徒四壁的旧房子还是借住的，拿什么去建新房子呢？尽管盖房子娶媳妇这类大事以父亲为主考虑，但是，作为家庭主妇的母亲，怎能放得下来呢？在我家落户东沟很长一段时间里，白天劳累疲惫的母亲，每到夜里却辗转反侧，彻夜不眠。可以想象，修房盖屋的事情，对她来讲压力该有多大啊！

为了建新房，全家人节衣缩食，甚至还向亲戚家借了小麦。那几年，我们几乎没有吃过白面，没有吃过细粮，省下来给建房的匠人吃。姊妹几个由于营养不良，总是头晕眼花心慌，蹲下去不能站起来，站起来眼睛看不见，浑身冒着冷汗。

1976年9月，爷爷去世后，父母决定把奶奶接来一起生活，以便照顾。这样一家三代的生产生活都由母亲料理。母亲既要下地干活，又要修房盖屋；既要照看子女学习生活，又要照顾婆婆生活起居；上有老下有小，里里外外都需要母亲去应承，去铺摆。接下来的二十多年里，父母逐步为我们盖起了堂屋五间、南屋五间的砖瓦房和两大间东厢房，为我们兄弟姊妹五个成了家，立了业。这其中的艰难困苦，酸甜苦辣，母亲从未言表。可我们做子女的，心里是再清楚不过了。

1990年之后，应该说，整个家境基本好转，我们兄弟姊妹日子也都说得过去了。父亲也离休赋闲在家。按说父母双亲可以由子女供养，颐养天年，享受天伦之乐了。但是，二老仍坚持居住在老家，坚持“自己动手，丰衣足食”，还不断地将他们种的蔬菜、红薯送给在外工作的子女们，让子女们分享着他们的劳动果实。

五

母亲没有读过书，不认得几个字。但是，她做人的品格，却是用文字难以表述的，也是子女们望尘莫及的。母亲为人低调，处事平和，看事情淡定，打交道实诚，一生不会搬弄是非，不会论人长短，没有惮烦的事情。

我们小时候，家里没有男劳力。生产队里把母亲当壮劳力使用。

姥姥姥爷每当看到母亲劳累的样子，就要去队里找队长说说道理。母亲说，有啥说头，累不死人，男人能干的活我照样能干，不能让人小看咱！

在生产队时期，最容易引发矛盾的事情是派工、记工分，分粮分菜分红薯。这些事情，难免出现不公正不公平问题，经常有人因此大吵大闹。母亲对此表现平静，她认为，一碗水想端平未必能端平，何必去较真计较，只要大差不差，就过去算了。

母亲向来与世无争。无论是生产上评先评模，还是利益上有争取机会，她总是不争不抢拱手相让。她常说，是别人的争不来，是自己的抢不走，争着抢着没啥意思，咱不能为名为利活着。

母亲行善但不张扬。过去家里穷，她本着穷时光穷过不求人。后来经济条件改善了，衣食无忧了，她常挂怜几家穷亲戚、穷邻居，没多有少进行接济；有人找上门来借钱借物，她绝不会让人空手而归；听说哪里遭灾了，政府组织捐助了，她自己积极捐款捐物，还鼓动我们捐助。在东沟时，我们家住在公路旁，常常会有人找上门来，走路渴了，要方便了，车坏了借工具了，母亲都会不厌其烦地提供方便。她说，行得善心得安。她以朴素善良之举，赢得人们对她的好感与敬重。

母亲低调平和实诚。过去，家里因为没有劳力，母亲遭过白眼，受过责难。后来子女都工作了，家境好转了，我在市里还担任了领导工作，母亲对此却看得很淡。该种她的地还种她的地，在农忙时，我照样要回去跟着她去收庄稼去犁地去打场。她晚年最挂念的子女是我，经常叮嘱我：国家饭碗不好端，做工作干事情要对得住自己的良心，不能为了私事坏了公事。母亲从未受人请托给我揽过闲、说过事。母亲待人不分贵贱都能平和相处。她待人友善，邻里和睦，从不会说话气盛、站高岗儿，因些琐事与人争执口角。凡是与母亲打过交道的人，都评价她和蔼可亲，处事实诚，没有一点架子，是可以依赖的好邻居、好伙伴。

母亲生活节俭朴素。我们小的时候，国穷家也穷。有饭我们先吃，她常常吃子女们剩下的残汤剩饭；有布我们穿新衣，生怕我们出门比不上人家孩子，而自己对吃穿从不讲究。她从小在苦难的环境里边长大，养成了省吃俭用的习惯。她说，一天省一口，一年省一斗。我心里清楚，我们家里修房盖屋的钱和粮，都是父母亲嘴上省下来的。我从小就知道母亲是不吃肉，不吃鸡蛋的。直到她年逾花甲，子女们成家立业了，家里的事情办完了，她才开始吃起鸡蛋吃起肉来。

母亲啊母亲，在您的心里，只有子女，只有别人，唯独没有您自己！

怀念父亲

时光荏苒，日月如梭。弹指之间，父亲离开我们已经三年了。尽管自己也是六十多岁要奔七的人了，但是对父母的怀念依然无时不有。父亲那清瘦坚毅的脸庞，炯炯有神的眼睛，干净整洁的形体，乐观向上的态度，一直与我们相伴相随，并与我们同甘共苦，患难与共。

每每听到见到别人的父母九十多岁还健在时，羡慕的情绪油然而生，如同见到自己的父母。此时此刻，就更加想念自己的父亲。

父亲在世时，曾信心满满地说过，他给自己定的小目标就是活过九十岁，要超过奶奶的寿龄。父亲的信心源自他对自己心绪、生活条件和生存环境的判断，对生活现状的满足。

父亲生前很珍惜当下的生活状态。他对生活现状的满意度，体现在他的生活方式上。在家里，他喜欢看书读报，看电视，喜欢与人一起走跳棋，喜欢自己敲着梆子听听河南梆子戏；冬天不太冷夏天不太热时，他会在保姆陪伴下，去广场散散步，去古寺庙听听说书看看戏；去商场瞧瞧行情逛逛超市，顺便买点自己喜欢吃的新鲜蔬菜和食品；对家庭对子女对亲戚的事情，不再固执地强调自己的主张和观点，凡事能够想得开，放得下；对儿女家庭的大事小事，只是听听，不发表意见，不再主动过问了。父亲的脾气性情变得越来越超然、顺遂、温和了。

回望父亲这辈子，他的工作，他的生活，一直是在平凡而紧张中度过的。做人实实在在，工作兢兢业业，生活俭俭朴朴，这是他一辈子的坚守。这也与他的家庭出身和家境贫寒有着必然的联系。

父亲出生在一个贫苦家庭，曾祖父年幼时从岸上摔下致残，不能劳动，曾祖母过早离世。祖父从小就扛起了家庭重担，靠给富人家扛长工养家糊口。贫困的家庭背景使父亲从小就养成了节衣缩食过穷苦日子的习惯，磨砺造就了他坚韧、吃苦、耐劳、俭朴的秉性和习惯。

父亲在不同的基层部门操劳了一辈子。从新中国成立前的1947年起就在林县七区冯举沟村当儿童团长、民兵队长；1952年9月参加东姚供销社工作；1954年5月调到东姚粮店、河顺粮店工作；1956年5月调林县百货公司工作；1958年7月被选调到河南省商业干校学习；1959年5月调到红旗渠建设指挥部工作，曾任姚村营部营长；1961年10月调采桑公社基点干部；1962年7月调回百货公司工作，一干就是三十年，先后担任纺织品仓库主任、棉布批发部主任、公司业务组长；1992年9月调回原籍东姚镇工作至离休。父亲在岗工作四十五年，虽然没有担任过领导职务，但是他始终坚持服从组织，服从需要，干一行，爱一行，爱岗敬业，吃苦耐劳，把一生奉献给了国家建设事业和为人民服务的平凡工作。

父亲的生活是极其俭朴的。我依稀记得他在百货公司工作时的情景。上世纪六十年代还是俩人合住一屋，躺着土炕，夏天天热，房子潮湿不透气，常常光着上身，靠一把蒲扇纳凉，生活条件十分简陋、艰辛，一天三顿吃食堂。他不舍得吃，三顿伙食费也就四五毛钱。冬天取暖有煤火，就买了锅碗瓢盆，从家里带红薯小米，自己做饭，粗米淡饭能吃饱肚子。冬天生煤火，屋子通风又不好，一不小心就会煤气中毒。有一次，父亲中煤毒很严重，差点丢了命。同事们见他上午没有上班，破门而入，才发现他中煤毒已不省人事，后送医抢救，才捡回一条性命。后来，他独居一屋，一年四季靠煤火取暖和做饭，夏秋季天气实在太热了，就去食堂买饭。后来有了煤油炉，夏秋季使用煤油炉自己做饭。1973年，我去化肥厂上了班，一有空就骑自行车跑五六里地到父亲那里吃饭，为的是省几毛买饭钱。那时，我挣工资换工分，一个月46元工资，交队里30元，记30个工分，剩下16元，交父亲8元，我留8元用于生活费和日常费用。化肥厂在城西农村，农村种有蔬菜，我时常会买点菜，弄点煤油给父亲，以降低我们的生活开支。我清楚，父亲这样节俭，是为在东沟盖房和我们成家做物质准备。盖房娶媳妇和买自行车、买缝纫机的钱都是这样一分一分地省出来的。

父亲母亲在青壮年时期，没有过过一天轻松的日子，没有享受过一天清福。等全家经济条件好转了，吃穿住行不愁了，他们也老了，身体健康方面开始不断地出现问题。母亲从生病到去世，整整六年多，父亲陪伴伺候了母亲六年。母亲在世时，父亲就做了胃切除手术。他病情一稳定，就指导着两个外甥女伺候母亲。在母亲晚年，为提高母亲生存质量，父亲尽心尽力，无微不至，尽了自己最大的努力。

父亲晚年是安稳的、充实的，他用自己的方式，安度着晚年。父亲八十岁后，完全实现了财务自由，他在考虑着自己买套房子自己住，这样他会有一种满足感。八十三岁时，父亲坚持自己买了一套三居室的房子，坚持自己独立生活。尽量不给子女们添加麻烦。

父亲是一个有思想、有个性、有主见的人，也是个性情中人。亲戚朋友家包括邻里邻家有什么事情，都喜欢找他商议，让他出出主意想想办法，他都乐此不疲。但是在子女们看来，他却是个爱管闲事的老人。因为常常是管闲事落不是，有的事情处理得好，皆大欢喜；有些事情复杂，未必处理得都合人意，还会落得个出力不讨好，结果是自寻烦恼。我们也劝说过父亲别管闲事，但是，他固执地认为，他之所以认真上心地去帮忙，都是真心地为了别人好，并不是为了贪图什么。他没有考虑到的是，你为别人好，别人得接受才是好啊！

晚年的父亲，脑子十分清醒，对事物的思辨能力很强，是非曲直他心里明镜似的，只是嘴上不说罢了。尽管父亲已是八十多岁高龄的老人了，但是他对自己生活上的事情却料理得井井有条，让我们做子女的省心又省事。

在父亲八十五岁生日时，我们兄弟姊妹五人商量，轮流值班照顾父亲的生活起居，一月一轮值，负责父亲家中水电暖气保障和维修，负责父亲就医和交通。父亲乐见子女们的孝道和安排，配合得非常默契。一家人和和谐谐，相处得快乐舒心。这样和美的日子，父亲仅享受了两年。

父亲是因为腹部不明原因的疼痛住院治疗的。在很长一段时间里，医院没有找到病源。尽管也到省肺科医院检查治疗，确诊肺癌即到了晚期，身体体症又不适宜手术，只能采取保守治疗，维持他生存的质量，直到父亲生命的最后一刻。

父亲去世后，我们整理他的遗物时，发现了他记了几十年的两册流水账本，在账本里记录了他生活的点点滴滴，记录了他靠自己艰苦努力，靠双手辛勤劳动，靠坚韧不拔的毅力，靠吃苦耐劳的精神，靠省吃俭用、勤俭持家的风范，为我们这个大家庭留下了一笔可贵的精神财富和物质基础。尤其是他老人家给我们留下的精神遗产，是需要我们家一代一代人传承和弘扬光大的。

谨以泪水和成此文，献给我们亲爱的父亲！

生日叙事

六十岁，是人生一个重要节点，也是一个重要转折。六十岁生日，更是人生承前启后的一个站台，既是终点，又是起点。

说起过生日，我也有些平淡无奇的故事。

在四十岁时，我刚步入不惑之年。可从这年开始，每到我生日前一天，不管在哪，干什么，母亲都会给我打电话说："明儿是你的生日，工作忙，就叫单位的师傅给你做碗面条。要是有个空儿，你就回家来，娘亲手给你擀手擀面！"

就从那年起，在娘的提醒下，我开始过起了生日。但是，我决定，生日这天，只要时间允许，我会携爱人孩子一起，为老人或买衣服，或买鞋袜，或买老人喜欢的物品，回家守着父母过生日。

常言道，儿女是母亲身上掉下来的肉，儿女生日是母难日。我们也是做了祖辈的人了，都是过来的人。十月怀胎一朝分娩，一个生命诞生，做母亲的要遭受多大的苦难啊！

不像当下的妇女，一生可能就生一两个孩子。公职人员可享受半年的产假，无职业的家庭妇女除双方母亲伺候外，还要雇上个保姆。有条件的，孩子一出生，就送进了月子中心。吃、喝、住、护、医，大人小孩护理全天候，全托管。

我们的母亲哪里有这种待遇呀！她们不仅要生养三个五个，甚至七个八个孩子，而且都是自生自养自管，很少有人手帮忙。她们生了孩子一满月，就要下地去干活。家里照顾小弟弟小妹妹的任务，就靠上辈儿的老人或大姐姐大哥哥了。说是大姐姐大哥哥，实际上年龄也就相差个两三岁的样子。我出生后，由于父亲在外工作，母亲要跟爷爷奶奶一起下地干农活，顾不上我和哥哥。哥哥长我三岁，他实际上是无能力照看我的。

我庆幸有个七十多岁的曾祖父。照看我的任务就落在曾祖父身上。曾祖父很胖，方面大耳，圆圆的肚皮，长了一副如来佛祖一样的身子，面善慈祥。我幼儿时期，有很多时候，是在他那宽阔的怀抱里度过的。因而，我对曾祖父印象特深。

我三四岁时，经历了人民公社化后的大食堂。在此期间，可能因为曾祖父是村里少数几位年长者，在伙食上得到了大队集体的关照。曾祖父很疼我，老是把他的份饭留一部分给我吃。我从小跟曾祖父吃饭，跟曾祖父睡觉，我离不开他，他也离不开我。他成了我除娘亲之外须臾不可分开的最亲密的人。

我七岁那年初春，天下了雨，春寒料峭，有点阴冷。曾祖父已在独处的屋子里病了一段时间。为方便照顾，爷爷奶奶便将曾祖父接到他们屋的后墙炕。曾祖父说冷，让我躺在他的脚头起，为他暖脚。我也感觉到他的双脚冰凉，就让他的双脚蹬住我的屁股取暖。第二天早上，爷爷就问：你老爷爷的脚还冰吗？我说，还冰。其时，曾祖父已经去世了。

我还在哺乳期的时候，母亲的乳头生了乳疮病。姥姥、姥爷带着母亲找遍了郎中，四处投医。我不知道是不是因为我吃奶的原因，害得母亲患上了乳头疮疾。但是，我小时候，因为营养不良，经常患病，骨瘦如柴。五六岁的时候，肚子很饿，可是什么东西也不想吃，只想吃些煤渣土和烧焦的土块。因此，我家锅台火口被烧焦的坯土，都被我零打碎敲地吃了去。生逢当时，得的这种疾患，好像也没怎么医治，竟然渐渐地好了。

母亲生养了我们兄弟姊妹五人。我们小时候，父亲在外工作，家里没有壮劳力。母亲在养育子女的同时，还要充当生产队里的壮劳力。犁地、耩地、收割、挑担、扬场，各种农活，母亲都干过。

母亲性格外柔内刚，听不得别人对她对家庭说三道四。她常说，现在是新社会，男女都一样。男人能干的活儿，妇女照样能够干。她经常起早贪黑，累死累活，拼命也要完成生产队里男劳力才能完成的任务，为的就是不让别人看笑话、说闲话，争回这口气！

我们年龄渐渐大了，成家立业了，都到不惑之年了，父母却步入了老年时期。我们还没有能关照老人家的生日，母亲却在操心子女的生日了。她曾把祖父祖母的生日、父亲的生日及我们兄弟姊妹的生日一一告诉我们，要我们写在墙上，记在心里。

她说，趁她记性还好，让我们记住各自的生日。过个生日，想起这些事儿，就想叙一叙。目的是想说，天下父母不容易。自己的生日，其实就是母难日，也是感恩日。自己从呱呱落地，到长大成人，生命的每个节点，都渗透着父母的滴滴心血和养育之恩啊！

有些事可以等，但是唯独孝敬父母是不能等的。我们一天一天在成熟，父母也一天一天在老去。我们不能留下“子欲孝而亲不在”的遗憾！因此，甭管生日不生日，工作有多忙，抽个空闲，常回家看看健在的父母亲！

父亲最后的日子

去年春夏，父亲的身体状况一直都很好。虽然看上去很清瘦，但是很精神。

春天的时候，得空儿我便去他的住处看望他，请请安，问问他的身体状况。

他常常戴着一副老花眼镜，半卧在床上或站立在挑窗前。他住处的挑窗很宽，上面有序摆放着三四种报刊、笔记本和跟随了他几十年的旧算盘。这属于他的私人空间，相当于他的办公桌。他有看国际频道和参考消息的嗜好，非常关心国际国内大事。

他听到有人进来，会停下正在看的报刊，低下脑袋，通过眼镜的上方，看清楚来人的身份。

他发现是我时，兴致就来了，会主动向我提问或讨论一些国际问题，诸如南海问题、日本问题、钓鱼岛问题或台海问题。这些问题，对我来讲挑战性太强了。当我回答不了或无法配合讨论时，他便面有愠色，以为我对他提出的问题不屑一顾。其实，我自己真的还弄不明白。“弄不明白，这些问题老百姓都明白，你们县级干部装糊涂，弄不明白，咋去教育群众！”他冷不丁给你一句，让我哭笑不得。

当我把问题往他身体健康上扭时，他也就顺着来了。我跟他讨论他的生活质量问题，而他却更重视他生命的长度。

谈到生命长度，父亲喜欢同奶奶作比较。奶奶活了九十多岁，1997年秋后无疾而终。

父亲曾诙谐地跟我聊起他为何有信心超越奶奶的寿命，他的理由有三条：一是奶奶过去的生活质量不如他现在的生活质量；二是奶奶没有工资收入而他有工资收入；三是他或谦卑或自嘲地说奶奶的孩子不如他的孩子。我仰慕老人家的智慧。

父亲是动过大手术的人。2005年正月初三，因胃部出现肿瘤，在人民医院由高文俊主任医师、王成吉医师等，对他实施了胃全切除手术。当时，父亲对于自己患的病症并不知情，考虑到心理压力，医生和我们统一口径，告诉他是严重胃溃疡，只切除了三分之一问题部分。术后，医生考虑他食物直接进入小肠，缺少了胃的受纳和研磨食物及胃液分泌的过程，建议他进食时避免刺激性食物。曾再三忠告他：不能抽烟，不能喝酒，不能吃辣椒！他坚持了半年后，渐渐放松了自我控制，又抽起了烟，喝起了酒，吃起了辣椒。子女们因为他的生活方式一直和他发生争执。这种状况，一直延续了两年多，度过了术后危险观察期，他在饮食上就更觉得无所谓了。为保护他的小肠，减轻食物对小肠的刺激，延长小肠对食物的受纳吸收功能，必须要控制父亲的饮食。我决定给父亲做一次深层次的思想工作。

我问他，现在生活怎么样？他说很好。我说子女们待您怎样？他说很好。我问他愿不愿意和子女们再相伴二三十年，他说愿意。我说愿意的话，您就得有个好身体，得保护好自己的消化系统。保护好消化系统，还是要管住嘴，不抽烟，不喝酒，不吃辣椒。

父亲一听便说：我就知道你还是老一套，绕来绕去，还是绕到这上头。我抽了喝了吃了怎么了？不是好好的吗？说明没啥大影响。

我一听很着急，急口就把父亲胃全切除的实情告诉了他。他一听顿时惊呆了："我说呢，手术后我的胃恁不好，一吃饭就拉肚！你们竟然让医生把我的胃全切了！”老人家又急又气又震惊，竟然往床上一躺，不吃不喝一天没起来，这可吓坏了我们弟兄姊妹。父亲躺了一天后，起来又吃又喝。他说，想明白了，我死里走了一遭，今后是活余头了。吃喝抽烟我会注意，你们也别老是这不中那不中，让我顺其自然吧！过去我对你爷爷奶奶，就是顺着他们。孝顺孝顺，顺着就是孝。父亲竟然把这个问题上升到这样的高度，我们也不好说什么，也只能顺着他了。况且，高文俊大夫也说，人家抽烟喝酒吃辣椒两三年都过来了，由着他吧。

父亲对生活现状是十分满足的。论幸福感，他自己也会打上个八九十分的。我想，他的幸福感可能源于他极简的生活方式。饮食简单，粗茶淡饭。他最喜欢吃的，是玉米粒麦糁干菜面条饭，饭熬成浆面的程度，他吃得最舒服。吃饭休息后，便是散步，他有时半晌就要走上三四里路程；有时，我们也会开车拉他到山上去转悠，顺便吃点小吃。回家休息后，便是听梆子戏，有时用录放机，有时用手机下载。他不唱，只是跟着打梆子，而且很专注、很用心、很入戏。然后，就是看书报，看新闻。他这样有规律地生活了十多年时间。

去年仲秋，父亲开始感觉疲惫乏力，腹部胀气，有时胸闷气短。他自己认为，可能是冠心病或胆囊或肺部又发炎了，就去医院取些治疗冠心病药物或输液消炎，作简单治疗，不愿意给子女添麻烦。

因为他抽烟，引发了几次肺粘连、胆囊炎，严重影响他的饮食和正常生活。出现了这种病情，我们就会批评他抽烟，力劝他戒烟。他为了躲避我们的抱怨，病了尽量自己去医院治疗。

去年秋后，父亲告诉我，他觉得这段时间身体状况和往年不一样了，感觉心肺沉重，咳嗽，肚里气胀，隐隐作痛。他说：也许是个坎吧。我说，别想得太多，关键是防治，不舒服就去检查，有病抓紧治。嘴上这么说，心里却有一种莫名的不安。

国庆长假后第一天，10月8日，是二十四节气中的寒露。秋天结束，天气渐凉，真可谓是“袅袅凉风动，凄凄寒露零”。寒流正渐渐来袭。这天，我们陪父亲入住人民医院检查治疗。

父亲入住的是老干病房，主治医生是侯秀昌大夫。入院头几天，主要是各种检查诊断和输液，一天至少要输五六大瓶液体。

10月11日，进行针对肝脏部位的抽血化验。

10月12日，再抽血化验；彩超检查肝、胆、脾、胰腺。

10月14日，进行影像检查和心电图检查。

10月15日，进行彩超检查心脏。

综合各项检查指标分析诊断：主动脉瓣、二尖瓣、三尖瓣少量返流，心包积液；两肺重度肺气肿并慢性炎症；上腹肝、胆、脾、胰、双肾内无异常；影像、彩超对肝脏检查没有发现问题，但血清检验丙型肝炎病毒抗体为阳性。

10月21日上午，根据入院十三天的治疗效果和父亲发病急，肚胀气疼、疼点不明确，伴有腰背疼、夜晚重等症状，我与侯秀昌大夫交换意见，建议调整治疗方案。

同日中午，我邀请河南中医药大学中医学院王振亮教授亲临病房，为父亲号脉问诊。他看过检查结果后判断，人上年纪了，心、肺、肝都有了问题，且治疗程序复杂，恢复慢。针对病症，王教授开了剂中药方：

厚朴10　炙麻黄6　火麻仁15　枳壳9　桑白皮12　人参9　木香12　旋覆花9　姜半夏9　炒麦芽30。先吃三服，辅以调理。

23日，父亲照方服了中药后，感觉肚子气顺了，有了食欲，晚上也能入睡，病情有好转。

25日，经与王教授沟通后复取三服中药。

在人民医院治疗二十天后，父亲感觉症状未减轻，经复检，心包积液仍在9毫升左右，咳嗽仍不止。

我们兄弟姊妹商量决定，转入河南省胸科医院进一步治疗。

10月29日上午，在子女陪同下，父亲入住河南省胸科医院。入院后，医院边对症用药，边安排检查。入院检查又要重新来一遍。当天下午便做了胸部CT。

10月30日做彩超等项检查。

10月31日，做心、肝、胆、脾、胃、肾彩超检查。

经过全面筛查，检查结果和在林州市人民医院检查的结果基本一样，父亲和我们顿时松了口气。

11月1日，在医护人员积极治疗下，父亲感觉症状减轻，神清气爽，在病房和临床的病友谈笑风生。下午不输液，丁琰拉爷爷去郑东新区CBD和龙湖散心。父亲兴致勃勃，在龙湖的桥上和孙女还合了影。

11月10日，经省胸科医院十二天精心治疗，再次进行复检，心包积液及肺部炎症基本恢复正常。父亲感觉症状减轻，因惧怕了输液，父亲主动要求出院。当天上午10点出院，下午1点回到林州，我和庆林、建凤（保姆）陪他到三鑫饭店用了午餐。饭后已是下午2点，送父亲回到龙鼎小区住处。

父亲回来后，身体一直都很虚弱，日常活动局限于室内。

根据父亲的身体状况，弟兄姊妹五个人商量，开始安排轮流值守侍候，随时掌握父亲的身体状况，希望父亲能熬过这一关，尽快康复。

父亲对自己的彻底康复，寄希望于来年春天。他的性格独立、刚强。他将自己今后的生活安排得井井有条。他自己将省胸科医院住院的单据粘贴得整整齐齐，在汇总金额时总感觉力不从心，才让二妹兰香帮忙。他说，往常我算一遍就行了，现在怎么算一次一个结果呢？看来真的是老了。父亲对自己身体的康复充满信心，从来不相信病魔会将他击倒！他甚至不相信他自己的胃部全切是肿瘤导致的。他还要求，撤销我们兄弟姊妹五个的轮流守候。

信心归信心，毅力归毅力。肿瘤恶魔一刻也没有停止对老父亲残酷无情的折磨！父亲坚韧的斗志，也未能阻止病痛的发作，他不时感觉腹胀、腹疼、串气、疼点移动。这让父亲对自己的病情开始产生了疑惑。

12月17日上午，我约高文俊院长到我父亲住地，再次为父亲检查。高院长触摸检查，感觉父亲腹部有明显肿块，怀疑父亲腹部已有其他方面病变。当即，为父亲办理入院手续，入住人民医院胸三科继续检查治疗。

12月18日上午，进行MRI检查。检查结果：考虑泥沙样胆结石、胆囊炎；肝左叶局部胆管扩张；腹膜后淋巴结大；腹水。医师建议：做MRI增强扫描明确。

当晚，父亲腹部疼痛难忍，医生护士给他打了强心镇疼针，方得稳定。

12月19日上午，做上腹部1.5T核磁增强。检查结果为：a.肝左叶占位病变，考虑肝内肝管癌，不排除胃肿瘤肝实质内转移；b.右下肺结节影，考虑转移；c.腹膜后淋巴结转移。

面对残酷的现实，我们作子女的开始重新调整思路，共同考虑怎样陪父亲走完人生最后一程。

如何提高父亲生存质量、延长生命长度这个问题，开始实实在在地摆在我们面前！

中午，我和高文俊大夫就父亲眼前治疗问题进行沟通。高大夫意见：第一步，先用两周左右靶向药物，观察效果后，考虑是否采取介入法治疗。我把这个治疗方案用微信给兄弟姊妹们进行了沟通。

使用口服靶向药后，前两天出现轻微反应。

22日，父亲精神不错。高文俊院长查房时，父亲对他讲了许多感激的话，说高院长救了他两次生命，现在是在给他第三次生命！父亲的表现，仿佛他对自己的病情一无所知，或是像我们瞒他一样，他也在瞒着我们。他对本次治疗康复仍然有着百倍的信心！

23日，父亲精神状态仍好，前半夜休息，后半夜出现失眠、焦虑、多梦、自言自语梦话多，不睡觉。

24日，白天精神尚可，晚上睡觉质量不好。

自父亲住院，孙子、孙女、外孙子、外孙女，守家的、远方的，开始陆续前来探望，父亲从不提他的病情如何，只顾享受着短暂的子孙们的相伴和欢乐！

24日，旸旸和润源带着孩子从北京回来看望姥爷，给姥爷买来了带视频的唱片机。父亲很是高兴，还听了一段戏，后来，怕打扰病友休息，才将唱片机关掉。

27日，没有用药，有点嗜睡、恶心，中午喝了点馄饨；下午，喝了小米燕麦粥。精神稍稳定，即起床到走廊转了一圈。

28日，状态还正常。

29日，外孙女郭希从上海回来看他。父亲问她的工作和生活情况，嘱咐郭希要不断学习、不断进步！

12月31日下午，丁力、朱健带孩子从上海赶回来到医院看望爷爷。父亲见到宝宝很高兴，招呼他到身边来，健力宝因为生疏向后退缩。父亲说：看来我真的老了，不讨小家伙喜欢了！

2019年1月1日至2日，精神状态良好，晚上睡觉也好。

1月2日上午，郝明亮、郝瑞林等人到医院看望父亲，父亲状态良好，与他们进行着正常交谈。

1月3日上午，高文俊大夫说，父亲凝血指标高，怕引起栓塞，停止使用靶向药，观察几天再定。中午，喝了几口林苏做的鱼汤，又喝了点羊奶。白天昏睡，发现父亲脸有点水肿。

1月4日，父亲处于半昏迷状态，有时说胡话。醒后眼睛盯着天花板。问他看什么，他说天花板上好多字！问他是什么字，他含糊不清地说“国家制度、安全”什么的。有饭就急着大口大口吃，不再挑食。下午，父亲要解大手，坚持不在床上，让人搀扶着上卫生间，哆嗦着坚持自己擦身体。晚上8点多，二妹问他，明天早上想吃点什么？他说，随便吧。二妹说，蒸个小蜜薯？他说，行。二妹再问，加个水蒸蛋？他说，可以。二妹又问，炒白菜心面条汤？他还是说，可以。

晚上9点左右，大嫂、建凤和我在父亲病床前守护。父亲紧紧攥着我的手久久不肯松手，我脸贴着父亲的脸，想说说心里话，可父亲已经不能说话了。

1月5日，凌晨5点左右，父亲病情突然恶化，血压急剧上升，脉搏衰弱，瞳孔散大。值班医护人员紧急抢救。家人们得知后大都赶往医院。

上午9点，人民医院院长秦周顺及高文俊、李富昌、急救室主任等赶到父亲病房会诊。父亲脚部血液循环已受阻，脚脖以下已经变青，左侧手臂、腿脚已不灵便，初步判断为脑干梗塞。在医办室，大夫们共同研究拿出应急治疗方案。大夫处方，护士取药，很快调整，换上新药。

上午10点，父亲血压升高，心跳加快，呼吸困难。

上午11点到12点，不断有内外科大夫过来探视问诊。

我们兄弟姊妹感觉父亲病情危重，紧急商量父亲善后事宜。

下午1点至2点，医生护士严密监视父亲血压、心跳和呼吸状况。

下午3点左右，高文俊、杨向芳大夫对父亲眼睛瞳孔、脚部、手臂进行观察切诊后，与亲属沟通交流，建议放弃上呼吸机，放弃进一步治疗。医患双方取得一致意见。

大妹、二妹俯在父亲床头，问父亲同意回家即点一下头，父亲点头示意回家。高文俊大夫立即联系救护车、氧气瓶及急救药品器械。

下午4点前，救护车将父亲送达龙鼎花园住处。姑姑、婶子、小姨已经把父亲寿衣准备就绪。将父亲从救护车上缓缓抬下，直接放在他的床上，给他穿上事先备好的寿衣。4点19分，寿衣穿妥了，父亲的脉搏永远地停止了跳动。

父亲走得匆匆，走得不舍。带着对亲人的眷恋和不舍离开了我们。留给我们的除无尽的思念外，还有一个个纠结和痛苦。比如，我一直和他讨论的关于生命的质量与长度问题；关于老人身患危及生命的重症后，如何让老人正视疾病与死亡问题以及老人临终关怀问题。这些问题，我们做子女的都没有处理妥帖。

四　爷

太行山下，淇河岸边，一个依山傍水的村庄，就坐落在淇河北岸。汤汤淇水从村庄边上盘绕而过，山环水绕，静中灵动，呈现出一方诗画般的山水灵秀之地。

四爷家祖上，自明初从山西大槐树下大移民迁徙至此，就没有再挪动过，是村上正宗的原始部落。四爷家族的成败兴衰都发生在这个村上。

四爷居住的四合院，地处村子的腹地，后靠山，前临水，是个风水宝地。四爷曾多次对规劝他离开村子的子女们说："我哪儿都不去。我不去国外，也不去城里。这个四合院就是我的皈依之地。"

四爷守候的院落，七十多年前，原属本村地主的宅子。1946年解放后土改时，政府将这座完整的四合院分到了四爷父亲的名下。四爷在兄弟中排行老四，当时还尚未成人，四爷的父亲便让老大、老二、老三陆续出去选址建房。四爷父母百年之后，这座院子就落在了四爷手里。

这座院子是北方中规中矩的四合院。青条石根基，青砖蓝瓦，镶门镶窗，猫头屋檐，典型的明清时期的建筑风格。整个院子共有堂屋五间，南屋五间，东西厢房各三间。堂屋是正房，五步台阶，五间两甩袖；南屋东头是个高门庭的大门楼，大门头上用青砖镌刻成突显的匾额上，书写着“耕读世家”四个苍劲饱满的楷体大字。大门榜两侧蹲着磨光发亮的青石狮子，长年累月，不分昼夜地守护着这个院落的安宁与繁荣。大门口的右前方，一棵两人合抱的老槐树，像一把绿色大伞，将半个庭院笼罩起来。

多年前，就有人劝四爷说，你家人丁兴旺，财源茂盛，趁着儿女们有钱有势，把这座老宅子翻盖成小洋楼未尝不可。四爷说：“不可，人气财气都出在这宅子里。断不可大兴土木，动了宅子的根基，断了宅子的文脉，伤了宅子的财气。”

四爷青壮年的时候，活得很累很苦。生了三男两女五个子女，加上妻子和老娘，一家八口人，吃穿住行，全压在他一人身上。为了维持家庭生计，他下过小煤窑，当过泥瓦匠，摆过小地摊，贩过牲口。走不到人前、没皮没脸没尊严的事儿，他也干过。有一次，公社养猪场要买一批小猪仔，招用押车护理人员，待遇丰厚，一天五元。他得知后自告奋勇，带车远赴东北。为了看护小猪仔饮水吃食，他和小猪仔一路同乘一个车厢，长途跋涉，颠簸了半个月才返回到公社，将小猪仔一个不少地护送到养猪场里。小猪仔没瘦了，他却连饿带累瘦了一圈儿。

他拼死拼活大半生，将五个子女都送进了大学。老二、老三和老五分别留洋美国、英国、新加坡求学，学成后定居到了国外。老大在县里当局长，老四在县医院当医生，子女个个成才有出息。这样的家庭，在偏僻的山区村里，你打着灯笼，能找出几家？这也是四爷值得炫耀，引以为荣，赢得尊重的资本。

每当与人说起子女们的话题时，他会喜形于色，滔滔不绝，让人竖起大拇指羡慕不已。四爷也一度沉湎在春风得意之中。四爷觉得，在他这辈儿十来个叔伯兄弟中，能配得上光宗耀祖的称号也就他了。

常言说，前十年是看父尊子，后十年是看子敬父。他深刻体会了这种尊贵。他曾受聘为多个学校的校外辅导员，专门向学生家长传授培养孩子的经验；县里统战侨务部门将他聘为侨联副会长，曾陪同县里领导去美国、去英国、去新加坡招商引资；他还享受着逢年过节县里领导们上门慰问的优待。这种风风光光的日子持续了相当长的一段时间。

让四爷最得意的事情是，国外的三个儿女，每年都会给他往家里汇一些钱，在县里工作的两个儿女也隔三差五地给他往家里送吃送喝。他常把儿女们寄回的外币拿出来，让人们开开眼界，长长见识，把好烟好酒拿出来让大伙抽让大伙喝。有时候，还会请人炒上几个小菜，把大伙儿领到家里红火热闹一番。他觉得，这样做，一来让乡亲们更加仰慕他家的这种不凡的兴盛势头；二来也让人们看到他的亲和与为人。

四爷最大的愿望，就是长期维系以他为中心的大家庭这种兴旺发达的局面，从而将家庭培育成繁荣昌盛的常青树。

可是，天有不测风云，人有旦夕祸福。四爷老伴就在七十三岁那年初冬的一天，突发脑出血，来不及医治就走了。这对四爷来说无异于晴天霹雳。他苦思冥想，这明明白白放着的好时光，咋说不让过就不让过了？老伴去世时，五个子女无一守候在跟前，那个时刻，他深感无助与无奈。置身国外的子女，来去匆匆，丧事完毕，就各奔东西了。

这件事，让四爷的身心俱损。他突然间变得沉默寡言，常常坐在大门口老槐树底下光滑的青石条上，静静地打量着他已经居住了六十多年的四合院。他也许在思考着自己的来路或归宿。

四爷没有了老伴，身边没了陪伴。对于他的养老问题，子女们有过深入的讨论：国外的三个儿女提出，让四爷轮流去住，到异国他乡透透气，换换环境；老大提出接父亲去自己家里长期生活，说自己马上到龄退下来，有时间陪父亲安度晚年，且大嫂性格宽厚实在，父亲会得到良好照应。两个弟弟、两个妹妹都觉得，大哥说的切实可行，是个妥帖的办法。最后，四爷一票否决："老人言说得好，少不沾家，老不挪窝。我在外折腾了几十年，过瘾了。现在临老了，让我再出去云游，我已经不是早先的身子骨了。弄得不好，我这把老骨头都死无葬身之地了！我想好了，我哪也不去，就守在这老院子里，守着我的爹娘，守着你们的爷爷奶奶！"

这就意味着，不管子女们工作、生活在国内，还是在国外，只要老父亲在，这座四合院就是他们时刻牵挂的家。

四爷已经没有了过去的那些乐观的念想，也没能耐将以他为轴心的大家庭培育成世世代代枝繁叶茂的常青树。他常常在心里头盘算着，他除了继续掌控着这座共产党分给的四合院以外，他拼死拼活奋斗了五六十年，最终剩下了些什么？他忍饥挨饿嘴上省下的钱，都供子女读了书上了学。子女有出息了，个个远走高飞，一年连个面儿都难照上。在这个世界上，已经没啥由他可支配的东西了，包括他手里攥着的美元、英镑。他藏着掖着这些外国钞票，老伴儿患上急病，却一点用场也派不上，眼睁睁看着老伴离他而去。他感觉这些外国钞票的用处，还抵不上给老伴上坟时烧掉的冥币。

他甚至觉得，自己现在和村上成群成群的孤单老人没有什么不同，他们也都有子女，也是儿孙满堂，也该享受天伦之乐了，也该颐养天年了。可是，他们的子女外出谋生了，被城镇化了，却将他们永远地遗留在了村子里。他看着这些疑似无子无后的孤寡老人，看着他们木讷的表情和无奈无助的眼神，一种感同身受的情绪在内心深处翻腾着。

后来，四爷的生活已经入乡随俗。如同村里的留守老人一样，早上起来，便到自家菜地里去除草、浇水、摘菜；回来，便去烧火、做饭、吃饭，打理院子。上午和下午，便在大门楼前老槐树底下的青石条上坐着，仔细地察看着这座四合院的每一块砖，每一片瓦，每一条灰缝，每一件雕品；他特别注目大门外两侧的石狮子和门楼额头上镌刻着的“耕读世家”四个灰旧的楷体大字；他若有所思地打量着这座四合院，常常想起自己的父亲和母亲，想起逝去的三个哥哥，想起自己为了生计奔波劳碌而失去尊严时的屈辱。想着，想着，他的眼眶里会滚出浑浊的泪水。

四爷有些痴钝了。但是，无论春夏秋冬，风霜雨雪，他都坚持不声不响地呆呆地打量着他的四合院，不时地张望着远方，盯着村子外头的大路口。他期待着出现他的子女们的身影。

三套马车

小的时候，很喜欢二伯（方言叫二大爷）。喜欢他手中挥动着的马鞭，喜欢那马脖子上系着红缨的铜铃，更喜欢坐上他赶的马车，哪怕是爬上去坐一坐，走上几步也好。就这，在许多小伙伴儿的眼里，都是可望不可及的事情。

二伯是赶马车起家的。他一生中最出彩、最有价值的事情莫过于赶马车了。

二伯赶马车是新中国成立后的事情，大约是家乡发展经历了初级社到高级社再过渡到生产队、生产大队的时候。那个时候，中华人民共和国成立时间不长，国家底子很薄，家乡也是穷乡僻壤，生产队和社员们都还是一穷二白。尽管乡亲们仍在为吃饱穿暖而艰苦奋斗，但翻身得解放、爱党爱国、建设社会主义的热情空前高涨，发展集体经济、走共同富裕之路、过上幸福时光是人们的共同追求。

为了发展集体经济，生产队砸锅卖铁买了一匹骡子、一驾马车，成为当时村上最值钱、最先进的交通工具，也是队里的重要财产。二伯很幸运，经社员大会一致推举成为村上第一个赶车的人。

二伯那时也就刚过不惑之年。他中等个头，紫赯色的脸上布满了皱纹，脸廓清瘦，硕大的鼻头下长了张大嘴巴，说话声音浑厚、响亮。他夏天穿着粗白布衫，时常不系纽扣，敞着个怀；冬季里习惯穿着绒毛朝里的羊皮外衣，腰间用黑色的毡带紧紧地系着，棉裤裤腿也用黑色布带绑着，这样，赶车在野外可以避避风寒。二伯烟瘾很大，他脖子上时常挂着一挂旱烟袋，一头是尺余长的烟袋杆，一头是巴掌大小的烟袋子。他的烟杆被磨擦得油光水滑，黄铜吸嘴和烟锅也磨得起明发亮。可能是烟末很呛，二伯猛抽两口，就要咳嗽一阵子，有时咳得舌头伸了出来，两眼噙着泪花，一脸痛苦状。我搞不明白，那么痛苦，为何还要一袋接着一袋地抽。

据说，祖上丁启贤在清末的时候家景是不错的，曾为国子监监生。不幸的是他的三个儿子一人一把烟枪，把家当吸光卖尽，家族从此由盛而衰了。到了祖父这一代，就沦为了长工，为富人家干活儿扛长工了。二伯尽管不是在抽大烟，却也是时刻离不开烟袋的。

冬天夜长，祖父母晚饭后，总要等二伯赶车回来，说说在县城、在东姚集或鹤壁大胡集上听说的或发生的事儿。

“合金，今儿个去哪了？”爷爷坐在煤火台上的马扎上问二伯。

“去县城了。”二伯边说边从脖子上摘下旱烟袋，将烟锅伸进烟袋里装着烟草末。

“都听说啥啦？”爷爷问。

“听说各户叫养鸡养猪了！”二伯说。

“那敢情好，叫养鸡养猪，生活就能改善了。”爷爷很高兴。

“去南关了吗？眼下的猪市上还有卖小猪崽的吗？”爷爷又问。

“冬天猪崽少，况且也不是捉猪崽的时候。”二伯抽了口烟，顺嘴答话。

“让农户养鸡养猪了，大牲畜还不让养，咱先养个小猪试试吧！”爷爷和二伯商量着。

“先瞧瞧吧，人家先养了咱再养也不迟。”二伯说。

二伯每次赶车回来，先卸了套，侍弄好牲口，让骡子吃好喝好，然后会去祖父母屋里走走，坐坐，然后，从后林小路爬上去回家。

二大娘也总来祖父母这里找二伯，顺便和奶奶、母亲凑合到一块说说话，东拉西扯的、家长里短的、儿女情长的；祖父和二伯挂话大都是问外面世界的新鲜事儿和新变化，祖父特别关心县城里的讯信；二伯和祖父说得最多的事是马车上的事。马车是队里集体的重要资产，现在由二伯掌管着，他生怕队里社员们提意见。他每次赶车回来，头一件事儿，就是先把社员们委托买的用品逐户送到家里，再途经祖父母院子里，闲坐坐，说说话。二伯的父母死得早，打小时候他就养成了有事跟祖父商议的习惯，大事上他很在意祖父的意见。二伯说："四叔，我赶车三四年了，一直是一套牲口拉车，想给队上说说，再添加一套牲口。再说，一套牲口，往集上走，到鞍儿岭五里地一溜儿上坡，石头疙瘩路，一套牲口拉空车都吃力，拉上货物了，非得牲口拉再加人推不行。"祖父说："想添加一套牲口，少说也得二三百块钱，去哪儿弄？等开个党员会商量一下，让队会计看看还能不能拿出钱。"那时候，刚散大食堂不久，生产队里没有什么积累，穷山沟沟里头有驾马车的生产队也算是凤毛麟角了。二伯提出一套马车增配到两套马车，已经是很大胆、很冒进的想法了。

二伯要把一套马车配成两套马车的心愿如愿以偿。社员大会上，多数社员表达了支持，这主要还是社员群众感觉到了马车的方便和益处，送缴公粮、拉烧火煤、买生活用品都是靠马车的。生产队上还作出决定，本队社员娶媳妇可以使用集体马车，这一来为队里的男青年找媳妇加了分，二来使队里社员办喜事显得更加隆重热烈，脸上有光。

社员群众的大力支持，使二伯像上了发条的闹钟，每天五更就赶车上路，多拉快跑。除了完成生产队安排的运输任务，满足社员群众的服务需求外，他还常常在外承揽些拉货的活儿，为的是给生产队多挣一些钱。

几年后，二伯的两套马车为生产队赚了不少钱。生产队用马车赚来的钱，买化肥，买农机，建粮仓，提高了社员们生产效率和工分的分值。工值含金量高了，分红兑现多了，社员群众也分享到实实在在的实惠。当二伯提出要配套成三套马车的时候，党小组和全体社员全力支持。不但标配到三套马车，而且更换了新车架，换上了小型拖拉机轮胎，又买回一匹骡子作为备用，还配备了专门饲养员协助二伯。这样一来，二伯信心倍增，劲头更足。在外面的运输业务进一步扩大，集体收入逐年增长。

上世纪七十年代初，党中央毛主席号召大力发展社队集体经济时，二伯的三套马车已经配套整齐完备，人强马壮。生产队顺势把三套马车当作发展工副业生产的主要门路，以车促农，以车促林，全力扶持发展。二伯在林县钢铁厂矿山找到了长期运输铁矿的业务，索性在矿山周围租下民房，长驻矿山，起早贪黑，往返于矿山与林钢之间运送矿石，为生产队集体经济的发展出力流汗，积累资金，带动了农业、林业和畜牧业生产。粮食丰收，除上缴国家公粮实现自给有余；生产队建起了林业专业队，专门绿化荒山发展林业生产，畜牧饲养业也达到了快速发展。小小马车，在发展集体经济中派上了大用场。

上世纪七十年代末八十年代初，农村改革一阵风，一刀切。社员群众历经土地改革、互助组合作社、初级社高级社、人民公社，艰难困苦度过三年极度困难时期，大力开展深翻改土，大力开展农田水利建设，大力发展工副业，大力发展集体经济。在大伙儿铆足劲头、勒紧腰带、心无旁骛地发展集体经济，在走共同富裕的道路上出现起色时，农村体制改革一刀切下来，撤销人民公社和生产大队、生产小队，三十年艰苦奋斗的成果化为了乌有。生产队散了，土地分了，社员单干了，二伯赶的三套马车连车带牲口拆解卖掉了。发展集体经济，走共同富裕的道路半途而废了。二伯对此心灰意冷。他想不明白，这发展集体经济，走共同富裕的路子走得好好的，怎么说变就变了呢？他就是到死，这思想也没有转过弯儿来。

从此，生产队没了，集体经济归零了，人也各奔东西了。

徐行随笔

成都锦里街

成都是久负盛名的休闲之都。所谓休闲之都，大概是说在这个城市生活工作压力不大，人们心态平和、包容、大气；生活方式灵活、随意、休闲；城市的管理者想问题、办事情考虑人的因素比较多，提供给市民休闲的场所也多；休闲文化氛围浓郁，养成了人们休闲生活的习惯。锦里街就是这个休闲之都的一扇窗户。去成都“拜武侯，泡锦里”是成都旅游之口号。一个“泡”字道出了休闲之都鲜活的特点。

锦里街紧邻武侯祠，是一条具有浓重的西蜀文化色彩古香古色的步行街，映衬着武侯祠等遗存踪迹的厚重历史，再现着天府之国昔日的繁华。

锦里街是街、巷、院完美结合的仿清末古建筑群。主街两侧店铺林立，铺面多是两层三层的阁楼，铺面门扇是旧式板门。街巷路面均为石板或土砖铺设，被踩踏光滑凹陷的地面上叠加着无数久远的脚印。这种街连街、巷接巷、院套院的建筑布局，构成了锦里西蜀文化底蕴厚重的明清风格古建筑群。街巷两侧的庭院，更是由一座座亭台楼阁，一处处小桥流水组合而成；庭院内外苍劲勃发的古树新枝像一支支巨大的画笔，书写着这座休闲之都不朽的记忆。

锦里街的人流与繁华在全国也是屈指可数的。比起北京的珠市口和上海的豫园来并无逊色。若要比休闲，还是锦里街。锦里街巷里一街两行的店铺都是冲着休闲做买卖的。吃、喝、玩、乐、游、购、娱，琴棋书画、珠宝古董、刺绣竹编等样样都有，说书的、占卜的、卖艺的、拉脚的、理发的、掏耳朵捶背的行行俱全。人们那休闲劲儿真叫人羡慕不已。

成都的风味小吃名气很大。从各色小面到抄手、饺子，从腌卤到凉拌冷食，从锅煎蜜饯到糕点汤圆，诸如陈麻婆豆腐、夫妻肺片、二姐兔丁、担担面、龙抄手、钟水饺、韩包子、赖汤圆等等，看都看得眼花缭乱。一个八仙桌上能摆出三四十种菜肴点心，炒的、烧的、煸的、烤的、烫的、炖的、蒸的、煮的、熬的，吃过的、没吃过的，见过的、没见过的，听说过的、没听说过的，目不暇接，琳琅满目。盛菜的小碟子一层层一叠叠宝塔式地摆放，结构均匀合理，极像成熟了的向日葵。在这里不仅可以饱口福，还可以饱眼福。成都这舌尖上的文化，恐怕全国任何地方也难与之比肩。

看成都人吃夜宵喝茶也是一种享受。一个小茶桌上三三两两坐下，店员旋风似的笑迎，功夫茶、养生汤送上。男男女女、老老少少皆漫不经心，嗑着瓜子品着茶，开始了天南地北，海阔天空。一碟鸭脖，一碟辣椒，也要吃上两三个时辰。街巷里最抓眼球的要数那些成都粉子，她们用绵软的成都话说笑着、嬉闹着，在街巷里院子里飘来飘去，惹得南来北往的游客眼珠子来回忙活。品味着这种悠然自得的慢生活，会让人放下浮躁疲惫的身心，平和淡定地安排人生。

在各地城市找不到的传统服务行当在锦里街仍然可以看到。比如掏耳朵，那可是个绝活。服务人员身着白大褂，手中捏着两根毛衣针长短的掏耳勺。一根长勺伸进耳孔，轻柔细微地清理耳孔内的垢物。清理完毕时用另一根长勺将伸在耳朵里的长勺敲击得铮铮作响，发出颤音。看着就觉得心头发颤，耳朵发痒。被服务者却连叫舒服。还有就是拉脚，像骆驼祥子一样拉着两轮人力车，载着客人摇着铃铛一溜小跑地在人流中间穿行。你看，这年月，这些人，这日子过的……

逛锦里，泡茶馆，这可是成都人休闲的生活方式。听人介绍说成都是个大茶馆，茶馆是个小成都，成都人就活在茶馆里。生意在茶馆谈，商机在茶馆觅，朋友在茶馆交，对象在茶馆找，甚至说矛盾也在茶馆调，成都人大半的光阴都消磨在这茶馆里了。

我有幸三赴成都，两逛锦里。我对成都锦里的感觉印证了成都旅游的广告语："拜武侯，计从心来；逛锦里，幻若梦临。休闲成都，来了不想走；人文锦里，走了欲再来。"

敦煌散记

去往敦煌

敦煌，作为一个历史地名也好，文化宝库也好，我小时候从书本里读到过，从文化人的言传中听到过，从小到大早有耳闻。莫高窟、玉门关、阳关、嘉峪关这些闻名于世的文化遗产和鸣沙山、月牙泉、雅丹地貌等天下奇观令人神往。

在飞往敦煌的途中，透过脑袋大小的机舱窗口，我俯视着从西安出发到敦煌航线下的河西走廊和绵延不断的崇山峻岭，仿佛在翻阅着一张巨幅的国家地理图卷。通过狭长的河西走廊，仔细地寻找着古丝绸之路的踪迹。

说起丝绸之路来，会立即联想起国家大的发展战略。党的十八大后，党和国家提出了“一带一路”的国家发展战略。陆上丝绸之路经济带，就是在古丝绸之路概念基础上形成一个新的经济发展区域。

这不禁让人想起了西汉时张骞出使西域，开辟的以长安为起点，经关中平原、河西走廊、塔里木盆地，到中亚地区，连接地中海国家的陆上通道。这条连接亚欧的陆上古丝路，为我国古代五彩丝绸、瓷器和香料出口提供了重要的贸易通道。为东西方之间经济、文化交流作出了历史性贡献。

历史发展有时会出现相似之处。时隔两千一百多年的今天，现代版的“丝绸之路”重现在世人面前，丝绸之路经济带战略的全面推进，再次惠及丝路沿线的各个国家和人民。

从机舱窗口，我看到河西走廊两侧绵延不断的祁连山和马鬃山，看到两山之间延伸出的道道扇形波皱，恰似惊涛骇浪涌动时产生出的波澜；看到两山间面积广大的灰棕色沙漠和米黄色丘陵；也看到分布在戈壁荒漠之中的片片绿洲和座座城郭。随着飞机马达的轰鸣，我边看边琢磨着，在这天然的历史长廊中，定会有许多自古至今令人难解的谜。

沙漠与绿洲

纵观河西走廊及其两侧的南山与北山，仿佛置于浩瀚的沙漠戈壁之中。山的南麓与北麓，在与沙漠接壤处，形成了清晰的浅黄色的带状连接带，犹如陆地与海洋一望无际的海岸线，一直延伸至浩渺的天际。而在浩瀚的大漠深处，分布着大大小小的绿色之洲，这便是人类繁衍生息之地。

飞机到达敦煌上空，在缓缓下降即将着陆的瞬间，我观察了戈壁沙漠与敦煌绿洲之间的天作之合的状态。那种波澜壮阔的画面，宛如金黄色的底色上点缀着光芒四射的绿色宝石，美轮美奂，堪称世界顶级的自然与文化遗产！我真担心，置身在这广大的沙漠海洋之中的敦煌绿洲，是否真的像身处汪洋大海中的陆地，伴随着旷日持久的海浪冲刷，渐渐地消失在大漠之中。

出机场上车后，我带着这样的疑问，迫不及待地向前来接机的甘肃银行敦煌支行的周行长问起了我担心的问题。

周行长说，这个问题很大，国家和地方政府以及敦煌人都忧虑这个问题。敦煌市区域面积3.12万平方公里，只有4.5%属于绿洲，面积大约有1600多平方公里，居住着18万人口。随着周边湿地屏障的消失，绿洲正在一步步向沙漠退化。

我问是什么原因。他说，据专家说，可能有这样几个因素：一是地球在变暖，这里水分蒸发量是降水量的60多倍，导致周边湿地干涸；二是人为拦截上游河水，来水量锐减；三是绿洲人口增加过快，城市耗水量呈几何级增长；四是农业要发展，灌溉要大量用水。

他说，生活在敦煌的人们，感觉到了这里的生态环境在逐渐恶化，沙漠在步步逼近。真担心有一天，敦煌绿洲会消失在这茫茫大漠之中。

沙漠之吟唱

会唱歌的沙山沙丘在大漠中可能不在少数，敦煌城南的鸣沙山便是一处。

敦煌鸣沙山全由细沙聚积而成。沙粒有红、黄、蓝、白、黑五种颜色，晶莹透亮，一尘不染。沙山形态各异：有的像月牙儿，弯弯相连，组成沙链；有的像金字塔，高高耸起，有棱有角；有的像蟒蛇，长长而卧，延至天边；有的像鱼鳞，丘丘相接，排列整齐。在阳光下一道道沙脊呈波纹状，黄涛翻滚，明暗相间，层次分明。狂风起时，沙山会发出巨大的响声，轻风吹拂时，又似管弦丝竹，因而得名为鸣沙山。

我们一行是骑着骆驼，跟着长长的驼队，沿着蜿蜒的驼路，踏着松散的流沙蹒跚前行的。行至半山腰开阔地，便从驼背上下来，徒步攀登顶峰；下山则是自助式脚踏沙流，顺坡势倾覆滑落而下。

鸣沙山虽然不是太高，可山势陡峭，要登上山顶并非易事。踩上绵绵细沙，顿觉脚下失去定力，举步维艰，进一步，退半步，只好手脚并用往上爬。下山时，沙粒会随人体倾斜运动而流动，发出管弦鼓乐般的隆隆声响，近闻如兽吼雷鸣，远听如神声仙乐，自古就成了敦煌为人叫绝的一大奇观，人们将它誉为“天地间神动的奇响，自然中美妙的乐章”。

我是平生第一次骑着漫步晃悠的骆驼，听着清脆悦耳的驼铃，组合成浩荡的驼队，踏着弯弯的驼路，登上鸣沙山主峰的。站在鸣沙山巅峰，环顾连绵起伏的金黄色沙山，顿觉心旷神怡，产生了入神入画之幻觉。待临峰而下，聆听沙粒流动时的吟唱，你会心无旁骛地随风随沙飘逸，如痴如醉！

人之于沙漠，人之于沙山，无异于一颗细微的沙粒，是极渺小的，微不足道的。当你身处浩瀚的沙海沙山沙漠之中，你的心绪或许会一下子简洁下来。那金黄色的沙子，恰似清除污渍的清洁剂，会随即将你脑子里乱七八糟的事情清除殆尽！你会觉得自己完全像一粒粒沙子，若风若水，轻松自如。我甘愿为一颗沙粒，随风流动，随风飘逸！

飞沙不染月牙泉

月牙泉置身于鸣沙山环抱之中。其优雅的身姿，宛如一弯新月，将周围隆起的沙丘映照出金灿灿的光亮。在这沙随风起、沙浪涌动的沙窝里，月牙泉何以历万年而不竭、而不灭，是古今学者们要终身破解的谜。尽管有学者列出这一奇观出现的诸多起源，但却不能说清楚月牙泉如何能在沙丘环抱、风沙飞流的环境中独善其身，坚守其雅肃壮丽的风采。

月牙泉以自身的经历，演绎着千年传唱、历久弥新的动人故事。

相传鸣沙山、月牙泉这一带没山也没泉。

一年天下大旱，禾木枯死。这一带生灵因缺水而岌岌可危，民间悲声一片。白云仙子路过此地，听到哭声四起，感同身受，遂落下同情的泪珠。泪珠落地成泉，解除了人们困渴的灾难。人们感恩戴德，修庙供奉。此地的神沙大仙认为，白云仙子夺了他门前的香火，便要兴风作浪，妄图掀起沙浪填埋泉水。嫦娥获悉后，即将初五新月置于白云仙子庙前。顿时，出现一弯形如偃月、清波荡漾、明亮如镜的清泉，人们便称之为月牙泉。自此至今，泉水不竭，与鸣沙山朝夕相伴相处，演绎出许多美妙动人的故事。

其实，月牙泉的形成，依赖的还是地下水源。若是无地下水循环，就会变成无源之泉。

至于从古到今，为何风沙不填月牙泉，有关专家学者比较认同的说法是，鸣沙山是环形沙丘，南北两面的沙山高耸，吹进月牙泉的风，按空气力学原理会向上旋，于是沙随风走，吹来的沙尘连同月牙泉周围山上滑下来的沙子，也被风力送到沙山脊上。这就简单解释了“亘古沙不填泉，泉不涸竭”的神奇之谜。

大漠中的“姊妹关”

从敦煌出城西去不到十公里，便进入茫茫沙漠戈壁。新修的柏油马路是沿着古丝绸之路驼队的踪迹向西延伸至大漠深处的。阳关和玉门关分别在距敦煌城七十公里和九十公里处。

阳关、玉门关是古丝绸之路上敦煌段的主要军事重地和交通驿站，是古时通往西域的两个必经关隘，犹如现代的海关。阳关在南，玉门关在北。

两千多年前，先人们就是凭着这两个关隘要塞之战略重地，御敌于关隘之外，守卫着关里中原地区的和平与安宁；也是凭着这两个关隘，盘查着进出口人员和贸易情况，记录着中外交往的人员和历史。这两个关隘更经历和见证了无数商贾络绎不绝地将大江南北丰盛的物产送往西域，又从西域源源不断地带回了我国人民所需的物品。

历代文人墨客还赋予了阳关、玉门关灿烂的文化内涵和绚丽的文学色彩。提起阳关，人们马上会想到唐代大诗人王维的一首“渭城朝雨浥轻尘，客舍青青柳色新。劝君更尽一杯酒，西出阳关无故人”，可谓是流芳千古的绝句。说起玉门关，大家也会随口吟唱出一首唐代诗人王之涣的《凉州词》：“黄河远上白云间，一片孤城万仞山。羌笛何须怨杨柳，春风不度玉门关。”诗中那悲壮苍凉的情绪，更引发我们对这座古老关塞的关注。正因为阳关、玉门关与历史名人诗歌交织融合，使得两关虽隐身茫茫大漠却闻名于世，千古传唱。

烟波浩渺中的“都市”

雅丹地貌是上帝留给这茫茫戈壁滩上唯一有灵气的地貌景观，恰似汪洋大海中的海市蜃楼，呈现给世人的机会应该不会太多了。

从玉门关出来一路向西北方向继续前行百十公里，就是被称为“敦煌魔鬼城”的敦煌雅丹国家地质公园。

车子在广袤无垠的灰黑色戈壁中行进，灼热的太阳将柏油路面烤出一道道发亮的车辙，戈壁滩中蒸发出袅袅升腾的朦胧的热气。一路上，很难发现有绿色植物存在。据说，这里距死亡之海罗布泊已经很近了。我很快意识到科学家彭加木科考失踪的原因。

车行近两个时辰，在茫茫戈壁中，突然出现了一片片宛若中世纪的古城堡。

一座座土黄色的古城堡耸立在青灰色的戈壁之上，仿佛是一片片海上石林；远远望去，又好像是烟波浩渺的大海中的海市蜃楼，如梦如幻，令人遐想无限。

进入“古城堡”内，一些形似国内外知名建筑物的地貌出现在眼前：如北京天坛、西藏布达拉宫、埃及金字塔、狮身人面像、草原上的蒙古包、军港舰队、清真寺、教堂等，在这里都可找到。街道广场雕塑也随处可见，如大漠雄狮、孔雀开屏、丝路骆驼队、群鱼出海、中流砥柱等，形象生动，惟妙惟肖，令世人叹为观止。这些古城堡里的建筑群，在蓝天白云下，显得分外妖娆。

我惊叹这些大自然杰作。与其将这片规模宏大的天造地设的敦煌魔鬼城称之为雅丹地貌，不如就直接将此地认定为古城堡遗址。

同时，我也担心，雅丹地貌被开发、被利用之后，人多了，车多了，这里的环境在变化着，生态在改变着，这里的天然会永久地保存下去吗?

文化宝库莫高窟

莫高窟是敦煌之行参观的核心景点，去敦煌不看莫高窟等于没到过敦煌，就好比去北京未登长城，“不到长城非好汉”！在莫高窟，常年不见个雨水天气，偏偏我们一到，就下起了蒙蒙细雨。这让讲解员都感到十分惊喜，连连点头致谢：谢谢你们带来了喜雨！其实我和众多旅行者感觉一样：只是觉得太阳光紫外线不再直接照射，感受到一丝丝凉意而已。

莫高窟的确名不虚传。在大漠之中，在生存环境极其恶劣的状态下，先人们靠怎样的勇气、怎样的毅力、怎样的斗志、怎样的镌刻技艺，在流沙飞荡的峭壁上，巧夺天工，开凿出多如蜂巢的千佛洞石窟，历经千年而仍光芒闪烁！

莫高窟始建于十六国时期，据相关史书记载，前秦建元二年（366

年），僧人乐尊路经此山，忽见金光闪耀，如现万佛，于是便在崖壁上开始开凿第一个洞窟。之后历经十六国、北朝、隋、唐、五代、西夏、元等历代开凿兴建，形成了巨大规模。现存洞窟735个，壁画4.5万平方米，泥质彩塑2415尊，是世界上现存规模最大、内容最丰富的佛教艺术圣地。

莫高窟是巨大的文化艺术宝库。它呈现给世人的建筑艺术、彩塑艺术、壁画艺术、贮存藏品都具有极高的历史价值、艺术价值。

参观莫高窟，除了欣赏先人们前无古人、后无来者的智慧和艺术造诣，欣赏他们遗存下来的艺术珍藏外，还应该学习先人们坚定的信念和不竭的创造和劳动精神。

敦煌遍地皆文化

敦煌城市不算大，人口不算多，但文化遗产蕴藏丰富，旅游文化覆盖小城的角角落落，旅游文化氛围处处都能感受到。

敦煌城市虽小，但文化承载力却很大。这个仅有18万人口的沙漠之洲，却拥有世界级的文化遗产3处，世界自然遗产2处；国家级文物保护单位4处，省级文物保护单位9处，市级文物保护单位35处，均分布在敦煌3万多平方公里的戈壁和沙漠绿洲之中。这里的基础设施基本上都是围绕着文物的发掘、保护而建设的。

敦煌城市街区道路规划、建筑单体设计、城市色彩格调、绿化美化亮化、街头小品雕塑都与敦煌“丝路文化，汉唐风格”协调一致，小而精，特而美，恰到好处；城内少有高层建筑物，但每幢建筑都设计合理，摆布舒展，装饰考究，风格协调；城市大小街道干净利落整洁，标识准确清晰，人行道的铺设也都镶嵌着敦煌的各类文化元素，如景点图介、名人诗句、励志名言、城市公约、交通简图等，无不彰显着这个城市的文化内涵，使人俯仰间都会领略到这个城市的文化文明气息。

祖国的历史长河中，敦煌的地位非常重要。随着历史的发展，形成了敦煌光辉灿烂的历史文化。因此，敦煌是祖国文化的蓄水池。

敦煌的文化还渗透在吃、住、行、游、购、娱各个环节里，只是，我们需要更多的时间去细细品味，用心体会，深入探索研究。

寻找阿勒泰的角落

一、北疆阿勒泰

8月的新疆是收获的季节。收获瓜果，收获景色，收获游客。

这个时候去新疆，多半是去北疆。去北疆主要是去阿勒泰，去喀纳斯，去寻找隐藏在祖国西北边陲的“神的后花园”。

不到新疆，你不会感觉到新疆幅员之辽阔，面积之广大。那雄伟的三山，无垠的草原，无际的戈壁，多彩的盆地，丰富的资源，勾画出新疆壮阔而大美的画卷。

新疆旅游景点之间跨度很大。乘坐大巴从一个景点到另一个景点，少则两三个小时，多则十多个小时，旅途艰辛不言而喻。所以，去新疆旅行多半是坐在车上，泡在路上，晓行夜宿。这也是对每个行者意志、耐力的一次检测。因而，在新疆旅行就只能是走马观花，边走边欣赏沿途风光了，可谓是行着、累着、热闹着、欢乐着。

这次去北疆，是受上海同乡会之邀，一行男女老少28人，不小的一个组团。

在此之前，我曾阅读过新疆青年女作家李娟的散文集《阿勒泰的角落》《我的阿勒泰》等系列作品。在她的作品里，尽管讲述的都是她植根于哈萨克游牧民族的生产、生活方式，及其周围人们一个个鲜活的生活习惯，并没有把注意力放在描述她生活着的家乡的蓝天白云和极美的山水上。但是，我还是通过她和她的乡亲们简约质朴的生产生活，感受到了阿勒泰那个地处偏僻的“角落”里的蓝天白云、原始森林、清澈的河流、碧绿的草原和白色的毡房。若不是如此这般，阿勒泰怎么会被称为“神的后花园”呢？

“神的后花园”是圣洁的、神秘的。上帝造物时，把这块神秘的地带交给了这些恪守“天规”的哈萨克族的人们，又让遮盖了千百年的神秘面纱，被置身域外的人缓缓撩开，显露出来她处女般的风姿。越是这样，域外的人就越是渴望能一睹其芳容。

阿勒泰、布尔津、贾登峪、喀纳斯、白哈巴、禾木、赛里木湖、那拉提草原、巴音布鲁克，的确处在这样的地带，处在祖国大西北顶端的角落里。这个角落，置身于中、哈、俄、蒙四国交界的阿尔泰山的深处，因而，就更加神秘兮兮了。

我们这次北疆之行，就是要深入到这些神秘地带去走走看看，尽管是走马观花，浮光掠影。

二、抵达布尔津

布尔津是通往阿勒泰地区的重镇驿站。7月30日早饭后，我们便驱车从乌鲁木齐出发，一路向北，沿途穿越古尔班通古特沙漠边缘，经准噶尔盆地东部石油基地和卡拉麦里有蹄类野生动物自然保护区。由于交通管制严格限速，跨越县界要身份检查，比出国出境安检还频繁，以至于行程700多公里路程竟要用时十个多小时，傍晚时分才到达了布尔津市。

布尔津处在准噶尔盆地北部边沿，阿勒泰地区西南部，北部是高山草地，南部是辽阔的草场，是乌鲁木齐通往喀纳斯、白哈巴、禾木的必经之地。因城市坐落于阿尔泰山脚下，且城市建筑风格独具、风情典雅、简洁明快，故有“东方小瑞士”之称。

布尔津城市不大，五六平方公里面积，二三万人口。旅游特色非常突出，宾馆旅店，纪念品店，特色小吃，干鲜果品，中哈、中俄贸易园区，汽车旅馆等，丰富着这个美丽小城的活力与繁华。整个城市就是一个功能齐全的旅游服务区。

布尔津小城繁忙而有序。一拨拨游客匆匆而来又匆匆而去，过客如云。小型的快捷式宾馆酒店星罗棋布，可选择的食宿场所空间很大。宾馆接待方式很有西方味道。

游客在进入布尔津之前，经历十个小时的旅途颠簸，已经疲惫不堪，有的看上去累得死去活来。但入住宾馆后，往往又不顾旅途疲惫，放下行李就会三五成群地走上大街，去欣赏“东方瑞士”纯洁的姿色，领略感受这里的异域风情。

布尔津街道干净整洁，建筑色彩鲜明，管理秩序井然，城市标识清晰可见，门店标牌统一醒目，给人一种清爽宜人的感觉。

布尔津的傍晚，夜色是清亮的，空灵的。晚上10点多了，西部天际太阳淡淡的余晖里，仍密布着片片水墨般的云朵，恰似正在涂鸦的水墨画在不停地变幻着，成就着。这般天光夜色的画面，完整地落入布尔津河平静明亮的河面上，天作之合，极像分开又要重合的画屏。人们顾不得饥饿，顾不得疲惫，匆匆地行走在布尔津大街小巷，欣赏着边陲小城的异域情调；人们纷纷扬扬地游荡在布尔津河的岸边、石滩，尽享着这里的夜光水色；人们纵情地摆弄着活泼开放的姿势，尽量让自己的姿态融进这明快的夜色里。

布尔津的夜市是热闹的，非凡的。外地客往往是看着夜色来判断时间，安排活动，放松心情，去胡吃海喝的。出得门来，没有见过的都要见一见，没有吃过的都要尝一尝，没有领略过的都要体验体验。

尝着吃着喝着，说着笑着闹着，一不小心，就欢乐到次日凌晨了。布尔津的夜晚，就是这样迷人迷到大天亮的。

据导游说，布尔津发展成为现在这个样子，也就是十来年的光景。过去的角角落落，大漠边陲，如今，成了游客纷至沓来的旅游热点、旅途驿站和游客集散地。

三、前往喀纳斯

从布尔津出发，翻越阿尔泰山，前往喀纳斯。

喀纳斯是北疆旅游的大概念。它包含了喀纳斯周边的角角落落里的许多极美的景点。譬如，喀纳斯湖、喀纳斯河、白哈巴、禾木等等。这些美到极致的景区，都归阿勒泰所辖。但是，当人们真正进入这些区域时，谈论的焦点都聚焦在了喀纳斯，往往对阿勒泰的存在却忽略不计了。

我还记得阿勒泰，是因为，前面我提到的阿勒泰青年女作家李娟，她在作品《阿勒泰的角落》和《我的阿勒泰》里，用真情和实感去写阿勒泰的人，阿勒泰的事，阿勒泰的生活，阿勒泰的牛羊，阿勒泰的牧犬，阿勒泰的村庄，阿勒泰的风景，自然而然，纯朴真实。这会让读过她作品的人，对阿勒泰印象深刻，难以忘记。

这次来北疆，来阿勒泰，来喀纳斯，一路穿行沙漠戈壁，越过草原湖泊，翻越山山水水，我都在寻找作家笔下的一草一木，一景一物，试图从中寻找出作家的那种灵感，那种视觉，那种感悟。

喀纳斯在阿尔泰山深处，北面是俄罗斯，西北面是哈萨克斯坦，东北面是蒙古。所以说，阿勒泰相对于祖国幅员辽阔的疆域来说，处在西北边陲角落的位置，而喀纳斯就更是角角落落了。

从布尔津出发抵达喀纳斯景区服务区贾登峪大约130公里，需要行驶四五个小时。5个小时，我们乘高铁可以从北京到达上海，也可以驾车在高速公路上行驶500公里，从林州赶往北京。

前往喀纳斯的道路尽管都是两车道的柏油马路，道路质量还是不错的。但是一路翻山越岭，蜿蜒曲折的路线让人难以忘怀。坡路多而长，弯道急而险，不时颠簸摇摆。幸好一路车随景移，风光无限，大家的注意力完全被窗外的景物吸引，并没有造成因乘车不适而晕车呕吐的现象。

大巴在丘陵沟壑间缓缓行进。我在寻找着李娟笔下的牛群羊群，那浅绿色的丘陵缓坡上，远看这些牛群羊群极像散落游离运动着的豌豆，非均匀地在绿野中聚集散发，即合即散，洒脱自如。这些牛羊自由地、自主地占有着这些新鲜的草场，清新的原野。其实，牛羊，草原，本就是这个区域生态链上延续着的不可或缺的关键要素。

白色的毡房，三五成群地突显在绿色的草地上。牧民们在马背上吆喝着满天星似的四散的羊群；牧羊犬按照主人指令，绕着羊群在极速地来回奔跑着。它的任务就是把散落的羊群有目的地集合到一个约定的地方，然后由主人确定下一个目标。

远山被森林覆盖着，被变幻着的白云笼罩着。太阳不时地透过云彩的缝隙投射下强烈的光线，将森林与草地涂抹出深浅亮暗不同的色差，在视觉上让人产生出美轮美奂的美感。

大片大片的原始森林在迅速与我们接近。森林的原始气息，不断地向客人展示着完全的纯天然的生态和人迹罕至状态下的状况。但见有许多横七竖八倒地的硕大的树干，有的腐朽，有的钙化，有的已变作树干模样的泥土。这些树木，在多少年以前，遇到过什么样的气候条件，才轰然倒下，出现了眼前这种状态，这都是要科学家们去破解的谜。

在向喀纳斯的行程中，偶尔也会遇到连片的湿地和湖泊，遇到大面积绿油油的农田，看到金灿灿的一眼望不到边的向日葵。明净的湖面，映照出蓝天白云，与金灿灿的葵花浑然一体，遥相呼应，宛如一张巨幅画面。

四、喀纳斯湖

从贾登峪服务区进入喀纳斯景区要排很长的队，去换乘景区旅游专用车。进入喀纳斯景区大门后不久，景区导游开始介绍喀纳斯景区概况、喀纳斯沿路景点以及当地的民族风情和一些美丽动人的传说。车上的游客有的自顾闲扯，有的佯装昏睡，有的注视窗外，没几个人能仔细聆听导游的解说。导游握着话筒招呼了几次，人们依然故我，导游只能无奈地把解说词背一遍。这时，后边一位女士突然大声提出喀纳斯湖中的水怪！

导游说，喀纳斯湖里的水怪呀！这时，她看到游客不约而同地把目光投向了她，就神秘兮兮地说，水怪嘛，时不时会露出水面的，就看大家有没有诚意了。如果游客真诚善良，你就可能有幸看到水怪，拍到水怪的影子。这极大地撩起了大家的侥幸心理，人们都希望自己来喀纳斯湖一次，就能看到湖里冒出水怪，成为千千万万游客中最幸运的一拨人。

进入喀纳斯河谷，一种别样的清新扑面而来，淡蓝色的喀纳斯河水湍流着、咆哮着，从茂密的丛林中奔涌而出，与两侧墨绿色的丛林形成明快的色差，远远望去，隐隐约约的雪峰下，缠绕着层层云雾，葱葱郁郁的森林一直遮盖至喀纳斯河边，淡蓝色的喀纳斯河蜿蜒在崇山峻岭谷底，向远方延伸着。这种似曾相识的景致，宛如一幅气势磅礴、生机盎然的油彩画，仿佛悬挂在祖国西北边陲湛蓝的天际，令世人仰慕不已。

喀纳斯湖更是镶嵌在阿尔泰山深处的一块灵动的蓝色宝石，她的形状有些像挂在美女胸前的一枚蓝宝石挂坠，在阳光照射下熠熠生辉。

据导游介绍，阿尔泰山脉有两条河，一条叫乌伦古河，一条叫额尔齐斯河。而额尔齐斯河是祖国大西北唯一的外流河，它的下游是鄂毕河，流经俄罗斯进入北冰洋。喀纳斯湖便处于额尔齐斯河的最上游，它来源于奎屯峰和友谊峰上的长年积雪、冰山融水和当地降水，湖面海拔1374米，面积45.73平方公里，湖水最深处达188.5米左右，蓄水量达53.8亿立方米。可惜的是，这蓄水量巨大的河流、湖泊却流出境外，滋润着多半个俄罗斯的良田沃土。

尽管如此，额尔齐斯河和喀纳斯湖还是滋润着上游的阿勒泰地区的崇山峻岭和山山水水，营造出了阿尔泰山南麓的秀美山川。她的神秘与俊俏，犹如地球强磁场放射出的巨大引力，吸引着千千万万中外游客纷至沓来。

乘坐游艇快速地驶往喀纳斯湖中心区域，两岸秀色随着快艇的疾驰在迅速地变换着，绵延的山脊褶皱、高山草甸、原始森林、彩岩壁立，景随艇移，不断变换着景观的角度，真的是举目之处皆风景也！相机一会儿设置为摄录影像状态，一会儿设置为拍摄照片状态，只怕稍不留神，一幅美丽的景致就从眼前溜走。快艇在湖中倾斜着盘旋着，离心力在蓝色的水面劈出一圈圈雪白的波涛。当快艇调过头来向回疾驰时，我们便从相反的方向和角度，去观览喀纳斯湖两岸的另一番绝色美景。

我们乘游览车扶摇直上高达2050米的骆驼山顶的观鱼台，登高望远，鸟瞰喀纳斯湖及周边地形地貌，东侧的喀纳斯河仿佛蓝色的飘带，飞落在群山之间，在绿色的森林与湿地间飘逸着、舞动着；东面远山山巅朦胧间透着的积雪依稀可见；西侧的远山承载着古冰川时期留下来的典型冰斗，高山草甸，绿坡墨林，艳花彩蝶，色彩缤纷。

喀纳斯湖是美丽的，大气的，自然而然的。除了游客之外，什么都是自然的。

五、白哈巴

白哈巴是中阿边境线上的一个美丽村庄，据说在全国最美乡村评选中名列前茅。讨论行程时，导游对白哈巴的介绍也是轻描淡写，只是说是个边境小村，是图瓦人群居的村落，条件很差，骡马牛羊粪便随处可见。可见，导游可能对这个地方去腻了，自己不想去了又不能随意撤换线路景点，便这样推介，让游客自己放弃去白哈巴的打算。可是，她忘了，游客往往对导游有种戒备心理，你越是说不怎么的，我反而就要去看看。这本来就是事先规划好的线路。

我们乘车沿着边界国防公路行驶一个多小时，便到达白哈巴。

人刚刚下车落地，一群骑马的少年男女便挥鞭策马呼啸而过，吓得众人躲闪不及，便踏在路沿累积的牲畜粪便上。人们惊魂未定，这群少年男女又神速返回，勒马停绕在我们身旁。一些男孩站立马背，拉紧缰绳，马跃前蹄，发出骇人的“嘶嘶”鸣叫！这一场景，吓得游客魂飞魄散，四处散开。导游解释说，这是图瓦族少年，很小就不念书了，他们经常活动在马背上，这种表现是在向游客表现自己的骑马技术，表示他的坐骑是安全的。大家可以随他们放心骑马，每人50元。我心里嘀咕，谁爱骑谁去骑，反正我是不敢骑！

白哈巴真的很美。远处的雪山，紫色的山幔，绿色的草甸，茂密的白桦林，潺潺流淌的小溪，成群结队的牛羊，勾勒出一幅纯净自然、生态幽雅的油彩画面。

这个村的房屋、院墙、门楼、马圈、牛舍，全都是原汁原味的木质结构。高高耸起的木板尖屋顶，拼接精巧的原木墙体、栅栏，美观而又结实。在艺术家的眼中，这里一座座院落、一间间木屋都是艺术品，既彰显着游牧民族部落村寨风格，又释放出一种异域的欧美风情。

我们来白哈巴正值夏季，若是秋季或冬季再来，白哈巴的景色一定更美！

六、醉美禾木

去往禾木的路上，天就阴沉沉的，未到禾木老天就下起了雨。

沥沥小雨里，下车，撑伞，我们入住了一家图瓦人开的农家旅舍。旅舍均为低矮的木质结构房，两排屋对着门，院里种着花草、蔬菜，用石子和木板铺垫着路，要到对面串门，仍要撑上伞。

刚将行李放下，就听对面老郭呐喊：这个阴雨天（儿），长工要睡觉（儿），汉们喝个酒（儿），娘们打个牌（儿）！他把众人吆喝出来，说，这几天困肫儿，哥们儿晚上喝个大酒，夜里睡个好觉。众人响应。

晚餐分为两桌，男士一桌，妇幼一桌。男桌饮酒尽兴，女桌菜肴尽光。是夜，不感觉被薄蚊叮，一觉至破晓雨停。

觉醒了，天亮了，雨停了。秀美的边陲小镇，被浓重的白雾和湿气笼罩着。清晨的禾木，一切都在朦胧之中。仿佛一个美丽的新娘在面世之前，被蒙上洁白的面纱，在等待人们去缓缓揭开。我拿上相机，走到旅馆门外，踏着被一夜小雨淋化了的牛羊粪便，去寻找自己想象中的瞬间。已经有不少背着长枪短炮的游客，也在观察着、拍摄着。

云雾在不停地变幻着、流动着、升腾着、稀释着，禾木小镇的轮廓逐渐地清晰起来。

在禾木的村里，与每座院落、房屋、阁楼零距离触摸、观察，从它的选材用料，框架构造，横梁立柱，坚固稳重，经久耐用，到它的功能设计，打造工艺，内装外饰，简洁大方，原始古朴，形体优美，谁能不为图瓦的能工巧匠所折服呢？从这个角度看，美丽乡村的打造更需要一代代传承民族风格、民族文化的工匠精神和耐得住寂寞、埋头苦干的一个个匠人！

距离产生美，登高视野阔。登上禾木河对岸高地，拉开距离看禾木，一幅世外仙界般的大美景致跃然面前，绝美醉人。

禾木村坐落在群山环抱的禾木河谷绿色的草原之上，周围环山巅峰常年覆盖着皑皑白雪，云雾紧锁着蓝天和朝阳，山脚下村庄上飘浮着一层异动的轻云薄雾，片片松林、白桦林包裹着整个村落，碧绿透亮的禾木河穿透森林绕村流去；一栋栋独具风格的小木屋分布在草地上、密林间、小河旁，不时飘起袅袅炊烟；三五成群的马、牛、羊群，在绿茵草原上享受着悠闲自在的慢生活。这里的一切皆处于原始的、古朴的、自然而然的神秘状态之中。

上午9时，东方的红日穿透层层云雾，透射下刺眼的光芒。顷刻间，太阳周围云层被烧灼成五彩纷呈的霞光，照射在河谷里、草地上以及禾木村里头，一种短暂的色彩变幻、光怪陆离的景象呈现在人们眼前。人们被日出当下的这种气象惊得手舞足蹈，欣喜若狂！人们恨不能把眼前的臻美景色固化下来，使她成为一幅绚丽夺目的油彩画。

人们抓住光线最佳时段，把镜头对准了禾木蓝天白云下的雪山，对准了白云缠绕的森林山黛，对准了百花齐放色彩斑斓的草地，对准了绿草茵茵中的牛群羊群，对准了挺拔茂密的白桦林，对准了座座木桥下碧水流淌的禾木河，对准了薄雾轻纱笼罩下的禾木村，对准了风情古朴的座座木屋，对准了禾木风情万种、美轮美奂的婀娜风姿……

南溪夜雨

我是第一次到四川宜宾的南溪。

这是个坐落在长江岸边的清秀小城。

北方早春二月，还是天寒地冻的时节，而这里早已是鸟语花香、绿树成荫了。

傍晚，我们一行刚到下榻的酒店落脚，老天就送来了一夜春雨。

雨，淅淅沥沥地一夜未停，我也是翻来覆去地一夜未眠。

我在琢磨着这个季节，这个世界。在北方，一波接着一波的雾霾，遮天蔽日，春寒逼人；而南方，却春雨连绵，空气湿润，沁人心脾。

我在想，这一夜的春雨，倘若是降在北方，特别是我的家乡，那清晨起来，看到的将是一幅怎样的景象，一种怎样的情趣？而这一夜的春雨，却偏偏是降落在了并不在乎这场雨的江边小城。

忽地，我对上苍生出一种不平的情绪。我是抱着这种情绪似睡非睡地进入梦境的。

早晨，朝阳无遮无挡地照射在连绵起伏的山野上，照射在青翠欲滴的枝叶上，照射在南溪小城的白墙青瓦上，照射在波光粼粼缓缓东去的江面上。

雨后的南溪，天空湛蓝湛蓝，空气格外清新，阳光分外刺眼。

南溪的山水城郭，就像摆在江边的一组射灯下的玉石雕琢品，晶莹透亮，完美无瑕。

初来南溪，巧遇一夜春雨。一切印象被春雨印证，被春雨锁定。

其实，南溪是著名的白酒酿造之乡。这次来南溪也是冲着闻名遐迩的五粮液酿酒基地而来。长兴小镇便是我们此行要去的目标地。

用过早餐，我们一行赶往长兴小镇。

我们乘车穿行在川南起伏跌宕的丘陵山包之间。

川南的丘陵并不高，多为土质，植物林木茂密，极像摆在簸箕里头的绿色馍头，一个连着一个，很少有个空隙。若有空隙，便是农舍或是水塘了。

通往长兴的道路就在一个个“绿色馍头”的缝隙中绕行。

道路不宽也非坦途，但柏油路面经一夜春雨的洗礼，漆黑的路面加上乳白色的标线，在阳光照耀下，显得清新、鲜亮。道路两侧的行道树，多为枝叶茂盛的刺桐树，深绿的枝叶间，盛开着一团团火红耀眼的刺桐花。

一座座山包上，层层缠绕着绿色丝带般的茶树梯田，整齐茂密的山茶树，泛起片片新绿；山包之间点缀着明镜似的水塘，水塘里自由游弋的鸭群，或觅食或戏水或追逐，划出粼粼清波。

在狭窄的沟壑间，筑起条条弯曲的坝围子，形成了块块明晃晃的水田。此时，老乡们赶着水牛扶着犁把翻腾着黝黑的泥土，忙活着春耕备播。

当地农家宅子多为白墙青瓦，极像羊拉屎般地散落于青山绿水间；一簇簇挺拔的小竹林点画于错落有致的庭院内外，显得雅致、清静。

我不曾想到，川南的丘陵沟壑间竟是这般的田园风光！也难怪这个环境里会酿造出醇香的佳酿了。

车子沿着蜿蜒曲折的道路快速地行驶着，我随着晃悠的车子，思索着、凝视着窗外如诗如画般的景致，忽然感觉不能自已，我已经为车外的美丽景色陶醉了。

呼伦贝尔之旅

海拉尔的午餐

下午1时许，我们乘坐的客机在呼伦贝尔草原首府海拉尔机场着陆。在这段时间乘坐的航班中，已经是少有的正点到达。

接机的是当地旅行社的导游小张和司机马师傅，这两位就是我们草原五日行朝夕相处的伴侣。导游小张，个头不高，满脸粉豆，嘴巴还利索，特能聊，流利的黑龙江方言普通话。

导游小张介绍说，司机马哥是汉族。她自己父亲是达斡尔族，母亲是汉族。自己对外是汉族，回家是达斡尔族。她说，做导游接待服务的对象十有八九都是汉族人，说自己与服务对象同族同语，沟通起来方便。她这样一讲，我们果然有一种亲近感。

说归说，笑归笑，午餐过去已一个半小时，饥肠辘辘，不吃点东西怕是挺不下去了。我们要求先用餐，再游览。

车子停靠在入市不远的一个餐厅前。

导游小张忙活着去张罗预先订好的午餐。

可能是错过了用餐时间，用餐的人极少。餐厅的服务人员不慌不忙，呆着个脸，连个招呼也没有。开水也需催要，感觉有点冷淡。

又过了半个小时，饭菜总算上来，八菜一汤和馍头，还有白米饭。看上去菜还较为齐全，土豆、白菜、青椒、蘑菇、粉丝、烧鱼、鸡块等等，但吃起来口感不舒服，除了鱼外，每道菜里都有鸡肉，没有一道纯蔬菜的。勉强吃过，同行者都觉得到草原了该有牛羊肉，结果一色鸡肉，吃得不如意，倒胃口。

我向导游小张建议，是否考虑大家的意见，今后调整一下菜谱，蔬菜里别都放鸡肉；可以单独上个羊肉，上个牛肉，菜是菜，肉是肉。

小张说，这里不比你们中原，蔬菜大都是从内地运来的，草原菜贵，鸡肉便宜呀！又不对你们胃口，出门在外将就着点吧！牛羊肉嘛，咱们到草原蒙古包里去单点，烤全羊啊、烤羊腿啊，爱吃什么点什么！

我们无语。但是，心里想，海拉尔的旅游果然进入淡季了。

天下第一曲水

午餐刚用过，导游小张催着大家上车，径直奔往行程第一站莫日格勒河。

莫日格勒河被著名作家老舍誉为“天下第一曲水”。老舍先生是用“曲水”来画龙点睛，道出这里的美的。

实际上这里美的元素太丰富了。

棉朵似的白云布满了天空，不时显露出湛蓝的天际，西部的太阳躲在层云后边时隐时现。

绿里掺黄的草地平静舒展地延伸至远方，机械化收割不久的草捆，似羊拉屎一般均匀地分布在草地上。

莫日格勒河从远方太阳落下的地方蜿蜒而来，在夕阳照射下，仿佛一条紫铜色的巨蟒在摆动着弯弯曲曲的身姿，爬行到草原尽头。

河边水面上停泊着两只小木船，牢牢地拴系在河桩上，似乎在调整一天奔波后的体能。

在河两岸丰美的草地上，不时有牛群悠然而过，那些个像身着黑底白花衣裳的奶牛，后胯两腿间垂系着硕大的奶袋，慢慢地游走着，咀嚼着，它们俨然以这片草原的实际占有者自居，而对外来的游客不屑一顾。

白色的蒙古包似草地上破土而出的野蘑菇，单独或连片地存在着；蒙古包里头，身着蒙古族服装的男男女女，拉着马头琴，跳动着欢快舞步，不断地向游人们推介乳白色的奶油茶。

整个的莫日格勒河畔，宛如一幅草原上的“清明上河图”。

我手托着相机，不停地走着，跑着，立着，蹲着，不停地变换着角度，试图用镜头把眼前这幅美妙的画图全方位地留存到相机的储存卡里。

西边的云层被夕阳涂鸦成一片抽象的油彩，天色渐渐地暗了下来。

室韦小镇

草原之行第二站是中俄边境的小镇室韦。

上午9点从海拉尔市区出发，一路向北，车行近三个小时，赶在午餐前抵达额尔古纳市。

下车，方便，用餐。

这顿午餐安排得非常可口。汤汤水水，荤是荤，素是素，荤素搭配，有点中原菜味道。大家连连称道：张导还是有两下子的嘛！在莽莽草原，让我们吃上了家乡味道。谢谢张导啦！我刻意竖起大拇指赞扬小张。

“满意就好，满意就好。”小张的那张粉豆脸笑开了花。我们心里清楚，出门在外，吃喝玩乐，全交在导游手上，同导游保持良好沟通是十分重要的。

出了额尔古纳，渐渐进入草原微丘地带，溜溜拉拉的牛群羊群，分布在起伏连绵的绿色草地上。

我试着透过车窗拍几张羊群照片，但道路颠簸、车速快、电杆多，都不成功。

赶往室韦的途中，导游小张和司机马师傅一直在议论说室韦小镇旅游服务的傲慢。说前些年旅游刚开发那会儿，他们见了旅行社的人点头哈腰的，可懂得尊重人。靠着旅行社给带火了，才几天，钱包赚鼓了，目中便无人了，真够损！说这种扔死人的鬼地方，压根儿就不该开发开放！

也是，导游小张一直在联系着我们晚上将要入住的那家旅馆准备晚餐的事，可能是旅馆拒绝安排晚餐，导游大为光火。她对我们说，她做导游这么多年了，从未遭遇过这样的情况，旅馆竟然拒绝为旅客安排就餐，天下哪有这样的道理！她说她要向海拉尔官方投诉！我们也纷纷为导游小张愤愤不平，撑腰打气，鼓励她通过斗争争取我们晚餐的权益。在我们的鼓动下，她在电话里声色俱厉地谴责旅馆老板，严肃表明我们的立场，最终取得了斗争的胜利。这无形中使导游小张深深感受到了集体的力量。

在我们同仇敌忾的热烈气氛中，已经来到了室韦小镇。

查阅室韦文档可知，这个中俄边境小镇，位于呼伦贝尔草原额尔古纳市北端中俄界河额尔古纳河畔，是蒙古族发祥地，蒙古族的名称就来源此地。但现在是俄罗斯民族乡，1800多居民中，华俄后裔占了63%。

走进室韦小镇，四周环顾，这里依山傍水，草木茂盛；小镇的建筑多为木制结构的俄式小楼，红蓝彩色坡顶，本色木栏围墙，风格各异，简约明快。

行至额尔古纳河边，眺望河的对岸，俄罗斯小镇奥洛契村清晰可见。

我们登上游艇，驶入静静的额尔古纳河中，朝着太阳的方向快速驶去。游艇将平静明亮的河面划出一道白浪，橙色的夕阳斜射在墨绿色的河面上，泛出一束束刺眼的光，粼粼波皱又折射出万道光芒。游艇从象征中苏友好的友谊桥下驶过时，我看到河中心的界桩，才真正意识到我们乘坐的游艇是在中俄两国界河间游走，国家的感觉顿时变得严肃而神圣。

在游艇上，我对中俄两岸的两个小镇快速地作了比较：祖国的室韦小镇建设如火如荼，生机盎然，游人如织，一派繁荣景象。对岸的俄罗斯奥洛契小镇，一片灰暗的建筑，沉坐在浅黄色的丘陵间；一根孤独的烟囱里，冒着缕缕青烟；几处废弃的建筑物，残垣断壁；几只破船撂在河边，长满了铁锈，大概是很长时间无人问津了。看到此情此景，我在为祖国的繁荣昌盛感到骄傲感到自豪的同时，也为曾经的苏联老大哥感到心疼和沉重。此时此刻，我望着那片原本属于我国领土的奥洛契小镇，怜悯之情油然而生。

额尔古纳：城市与湿地

从室韦返回额尔古纳途中，导游小张安排我们在恩和活动筋骨，休息方便，顺便游览一下恩和的哈乌尔河公园。

这座经简易修饰、整理后形成的乡间公园，山与水，山与森林；水与草，水与湿地相生相宜，和谐完美。这里没有华丽的陈设，也没有精雕细琢，只有茂密挺拔的白桦林，曲径通幽的上山小路和九曲十八弯的哈乌尔河，自然而然，质朴大气。

下午4点，我们回到额尔古纳市区，未入住旅馆便直接登上位于市区西北部的湿地公园山丘顶部，鸟瞰额尔古纳市全景和毗邻市区的根河湿地。

美丽的额尔古纳市恰如摆放在草坪上的一块彩色积木，在蓝天白云下，被草原与湿地环抱着，显得清新而明快，健康而幸福。

额尔古纳湿地也称根河湿地，是额尔古纳河及其支流根河、得尔布干河、哈乌尔河三河交汇形成的一个三角洲，面积达12.6万公顷，约合1260平方公里。这既是我国目前保持原生态最完好的湿地，也是我国面积最大的湿地和亚洲第一湿地。

游览根河湿地，实际上是远眺。游客被限定在湿地南部的一座小山上，游人只能通过绕山而建的木质通道和瞭望平台，眺望而无法进入，这就很好地避免了人类由于过分亲近自然而破坏自然生态。

我只好运用照相机的拉近与放大功能，去环顾根河湿地的风雅与多姿。

蓝天白云下，广阔的湿地安详而静谧；蜿蜒的根河曲曲弯弯贯穿在丛林中，明镜似的大小湖泊适当而巧妙地维系在根河的旁边，形成了同呼吸、共命运的自然生态源泉；将草地、滩涂、丛林、植物、动物、禽鸟等生命体，与人类的渴求、城市的追求有机融合，天人合一，人与自然和谐共存的境界在这里得到了完美体现。

我在用镜头追赶着躲在浓云后面的夕阳，试图找到一个好的角度，等待一丝好的光线，然后把根河湿地美丽壮观的全景拍进镜头里。

然而，导游小张已经等久了，她一遍又一遍地招呼我，提醒我，下山后事情还很多，要登记住宿，安排晚餐。之后，还要去看东北的二人转。

随团就是这样：上车，游览，吃饭，住店；下车，方便，购物，四散。

去往满洲里

从额尔古纳到满洲里，要穿越呼伦贝尔草原腹地，当乘车在广袤无垠的草原疾驰的时候，你才会真正领略到辽阔草原大美的真谛。

大草原像铺展开来的彩色地毯，凉爽的秋风，使茫茫绿色之上飘浮出淡淡的米黄，一望无际。偶尔间展现出直丝直垄的黄绿褐三色均匀的彩带。导游说，这便是王震将军留下的农垦兵团的耕作区，金黄色的是待收割的麦子，绿色的是播种出来的油菜，褐色的是翻犁待播的褐色土地。

行走在通往满洲里的柏油马路上，经过了多个河流、湖泊、湿地，恰似进入了一个自然天成的偌大的公园。绿野，丘陵，密林；河流，湖面，湿地；马群，牛群，羊群，鸟群，飞鹰；白花，黄花，紫花，蓝花，五彩缤纷，动静自然，一切尽在原始状态之中。

一路沿着中俄国界线行走300公里，导游会不时地提醒你，两国边境管理的一些规定和国际惯例。如下车后不要走得离界网太近甚至触网，尤其不能跨越国界，那样会在两国边防哨兵之间招来不必要的麻烦，甚至会被对方按非法越境处置而遭到枪击。这些提醒，会不断唤起人们对国防的神圣感。

进入满洲里，穿越街区，一种清新的异国情调使人耳目一新。全城均为俄式建筑，风格各异，古朴典雅；城市街道洁净明快，松散大气；大街小巷里，成群结队的黄头发、蓝眼睛的男男女女，肯定都是俄罗斯人。导游说，这些俄罗斯人是过来采购生活用品的生意人。他们过来到批发市场，大包小包采购。然后，拿回去到俄罗斯市场上去零售，从中会赚到一些差价。

在满洲里，最有特色、最有名气的俄罗斯工艺商品是套娃，规模最大、人气最旺的专业市场要数套娃广场了。这里汇聚了中俄蒙三国的建筑风情、文化特征和工艺商品，集游购娱、吃住玩于一体。

远远望去，矗立于套娃广场中央的巨型套娃，富态华丽，眉目幼稚，面带微笑，招引着八方来客。成千上万个独立套娃和大大小小的套娃商店，布满了套娃广场。这里汇集着世界上海量的套娃品种，大小不同，形态各异，千姿百态，绚丽多彩。去满洲里，最吸引人买买买的纪念品，要数套娃了。

满洲里城市不大，常住人口加流动人口二十来万，做贸易的外来人口占了一半。每逢传统节日，外来的生意人便会关门大吉，返回原籍。因此，愈是中国传统节日，这里便愈发冷清。尤其到了春节，这里就唱起了“空城计”。

在满洲里，几件事情让我印象深刻。

从国家的角度讲，这里有着重要的战略地位和历史地位。

党的六大在莫斯科召开时，这里曾是革命先驱们的集散地和交通驿站，包括周恩来在内的很多六大代表，都是从这里进入苏联的。因此，这里设置了中共六大纪念馆，介绍和展览着党的六大会议情况。

中、俄两国国门，是满洲里的一个热门旅游景点，也是反映当下两个国家综合实力的缩影。中方国门建筑物庞大，气势恢宏，高达十多层的门字形建筑，横跨中俄铁路，“中华人民共和国”七个红色宋体大字镶嵌在国门中央，威严而壮观。整个国门既是登高瞭望、观光的平台，又是旅游购物的繁华商埠。反观俄罗斯国门，则是用钢构搭建，简陋而灰暗。据说还是上世纪五十年代建的，沿用至今。

中俄两国的界碑，同样也形成了鲜明对比。中方47号界碑旁有边防武警守卫，且游人如织，成了游人到此一游，驻足留念的神圣之地；俄方只有一个简单的界桩，孤独地立在那里，却在默默地见证着俄罗斯的衰退和中国的富强。

茶乡视觉

清明刚过，谷雨未到。冲着信阳绿茶的清香，我们一行便去往著名茶乡的鸡公山麓南湾湖畔，亲临其境，领略清明时节采摘雨前茗茶的视觉效果。

我一向认为，茶乡就是优哉游哉的浪漫乐园，是文人墨客饮酒斗诗、挥毫泼墨的地方。那些个文人骚客们徜徉茶乡，在云雾间，在茶山上，在茶园里，在茶舍内，他们拿来刚刚出锅的绝等新茶，用烧沸了的茶山泉水，将肥厚油绿的高山新芽泡入玻璃器皿，静静地看着一颗颗蜷缩的绿芽，在水温的作用下亭亭玉立，然后，漫不经心地将灼热的茶盅送至垂涎的嘴巴，一下一下地细品慢咽，以茶为酒，直品到似醉非醉，脑洞大开，这时，便才情四溢，挥毫落纸，把茶乡描述得如诗如画，仙境一般。

绿油油的山茶树，成行成垄地盘绕在高山丘陵上，恰似纹理清晰、粗细均匀、线条优美的绿色织毯；清明细雨沐浴，茶树顶端生发出翠绿嫩嫩的新芽，阵阵清香沁人心脾；身着蓝底白花布衣的妙龄女子，裹着印染的花布头巾，挎着竹篮，仙女下凡般地在绿毯上飞来飘去，不时传出银铃般的笑声、歌声。这便是文人笔下或文或诗或画中浪漫的意境。唐代诗人温庭筠，就曾隐身于茶山溪流间，望着翠绿清香的茶山，品尝着泉水煮出的茗茶，写下了“采茶溪绿树，煮药石泉清。不问人间事，忘机过此生”的著名诗句。

文人的浪漫情怀，往往诉诸笔墨，用文字和绘画将自己理想中的情景跃然纸上，为人们提供了美妙而富于想象力的视觉效果。这会使人们自然而然地赋予茶乡源于生活高于生活的浪漫主义色彩，从而让人们对茶乡茶农真实的生产生活方式产生了错觉。

有道是耳闻为虚，眼见为实。茶乡绿植遍野，湿润的空气中散发着浓浓清香，置身在这种环境里，可以无所顾忌地扩胸展背，展开有氧运动，大胆放心地去进行深呼吸；沟涧中溢出清澈透明的涓涓清流，捧上一捧，喝在嘴里，清纯甘甜，可以直接饮用，的确是养眼、养肺、养神、养生的僻静去处。但是采茶女和制茶工们可就没有文中画中描述的那么浪漫、那么洒脱、那么飘逸了。

天色破晓，采茶女们便成群结队地从山坳的村落中陆续走了出来，走向她们承包的茶山，开始了她们从早到晚的劳作。这些采茶女有来自四川、贵州、甘肃等外省的，也有本省各地的；有五十开外的中老年妇女，有三十多岁的青年少妇，也有少数十几二十几岁的妙龄姑娘。她们大多戴着一顶白白的草帽，用纱巾将面孔包裹起来，胸前系着盛茶的竹篮，上身向前大幅度地弯曲着，眼睛专注着嫩嫩的新芽，两手的拇指和食指快速地在茶树枝头与竹篮之间，连续不断地重复着同一个动作，活像工厂里机械组装线上的机器人，将掐下的嫩芽放进篮子里。她们的手指被磨得青肿，腰脊弯得直不起来，好似一台机器，一旦启动就很难停下来。偶尔，采摘的人群中会发出沉长的呐喊和尖叫声，这是她们精神和体力高度重压下集中爆发的方式，也有扯起嗓子唱几句山歌的。但是，这实在说不上是浪漫的情调。

然而，采茶女们的收入并不算高，这样弯腰弓脊，起早贪黑的十几个小时，采摘一斤才80元的工钱，一天下来很少有人超过两斤的。那一斤的分量，要采下来多少个嫩芽啊！

制茶工艺是个耗时、耗力、耗精神的技术活儿。制茶工大都是当地五六十岁以上的老男人，就是靠他们这代人在传承着传统的手工制茶工艺。在简陋的小作坊里，他们必须将当天采来的嫩芽连夜制作为成品。手工制茶这种活儿，年轻人没人愿意干的。他们白天或是在菜园里忙活，或是在茶市上交易，或是在牌桌上打牌。到了晚上，当采茶女工们将一天的劳动成果交给他们时，他们便开始了紧张有序的劳作。这套传统制茶工艺，一般要经过鲜叶摊放、生锅、杀青、筛选、揉捻、摊晾、干燥等复杂的工序，他们会全神贯注、一丝不苟地按照规定动作，把采来的嫩芽全部加工成上乘的茗品。他们常常夜以继日，通宵达旦，不会让采来的新芽隔夜。

为了确保茗茶品质，作坊里也尽量地减少茶叶与机械接触的机会，从前到后都是靠两只手来完成。对鲜叶杀青、温度、湿度、干燥的程度，完全靠人的视觉、感官来控制整个制茶工艺过程。从这个角度去看，茶的品质产生于传统工艺，而传统工艺的真传，源于人的视觉，人的感官，人的灵魂。从这个视觉去窥探，你会领悟到，茶，不仅仅是高贵雅致的饮品，更是绵远悠香、历久弥新的农耕文化。

黄河入海口

初冬去东营，去看黄河入海口。

第一次来东营，偏偏遇上了风雨缠绵的天气，地上落着雨，天上飘着雾，很难看清楚东营城市的真面目。

不识东营真面目，只缘城在雨雾中。

不过，真想对东营有所了解，其实也并不用耗费多大精神，使用多大气力。只要你把东营放在一个历史方位，放在一个地理角度，打开自己的思维，睁大自己的眼睛，去观察、去透视、去瞭望哺育了中华民族千万年的母亲河，东营的特别之处，就不难发现了。

人的思维有时是顺向的，有时是逆向的。比如说，要全面认识眼前的黄河口，常规的方法，可能会先去喀拉昆仑山，去巴颜喀拉山，去各恣各雅山下的卡日曲，或是三江源广大的地域去勘查，从研究黄河的源头开始。溯源黄河穿越哪些高山，流经哪些高原，哪些草地，哪些沙漠；又流经哪些省份，哪些城镇；进而研究黄河流域人类进化发展的历史和中华民族灿烂的文化。

沿着这样自然的、地理的、历史的脉络去考察研究，从源头到尽头，从起点到终点，那可真不知要到驴年马月，才会来到这万里黄河的入海口。

可是，今天，我们先到达黄河的入海口，站立在九曲黄河的终点。

终点，往往也是回望、探索的始点。

雨雾蒙蒙下，我回望着自西而来缓缓东去的黄河之水，浩渺荡漾的黄色水面，正静静地注入到无际的海洋。

这是黄河在穿越高山险阻，越过高原草地，流经广阔平原，经历汇集、湍激、奔腾、咆哮、缓流之后的最后归宿，是盘古开天地至今亿万年生生不息的自然选择。她带给这个地方的是城市、是湿地、是资源、是活力、是经济、是文化、是历史。

当我踏上这片松软的、沼泽的、长满芦苇荡的土地时，我感觉到脚下踩着的土地在运动着、生长着，在向大海的深处渐进着、延伸着。

我已明显感受到黄河入海口的魅力所在。地上是全球暖温带最广阔、最完整、最年轻的湿地生态系统，又是国家级黄河三角洲自然生态保护区和生态旅游区；地下则是油气资源富集、储量非常可观的能源宝藏。“黄河口，大油田”，这就是地处黄河入海口的东营市得天独厚的人文地理优势。

黄河口，这是富含地理、历史、人文、自然、生态诸多概念的复合性称谓。在这里，拥有着全球独一无二的地理景象：会生长的土地。一年一度，黄河入海口大约会增加三万多亩的陆地面积。就凭这个世界奇迹，东营市完全可以到联合国，去申报世界文化自然遗产。

由此推理，东营市就是一座会生长的城市。这在全国600多座城市里头，也许是绝无仅有的了。而且，每年增加的陆地面积，短期内就转化为湿地。这对东营市，对黄河三角洲而言，简直就是“天上掉下个林妹妹，似一朵轻云刚出岫”！

这是黄河给予东营市的巨大馈赠。在这份厚重的礼单里面，蕴含着中华民族几千年的文明和文化积淀，记述着祖国山河的壮丽和深刻变迁。这是一份何等金贵、何等分量的礼物啊！

我国江河流域有三大入海口，形成了长江三角洲、珠江三角洲和黄河三角洲三个增长极。三个入海口的经济发展，已经稳稳地支撑起了祖国的和平崛起，引领着中国梦的美好愿景。

东营雄踞黄河三角洲的中心位置，对黄河三角洲的崛起起着引擎作用。我敢预言，未来东营的蓬勃发展，将成为国家战略棋盘上的重要棋子！

墨尔本的环卫工

2011年春节，我和老伴去澳大利亚维多利亚州首府墨尔本和二女儿一起过春节。

我们的临时住所距女儿读书的莫纳什大学不远。

这里是以当地人为主居住的社区，几乎没有黑人、印度人、东南亚人居住，华人也极少。因而清洁静雅、秩序井然。

据说，这个社区有三十多万人口，在国内也算得上一个小城市。但这里就是个宜居的大型社区。纵观这个社区，像是一片锦绣如画的地毯，平铺在维多利亚海湾边上起伏不平的丘陵之上。这里没有林立的高楼大厦，没有人头攒动、慌乱窜行的人群，没有自行车、摩托车、三轮车、机动车扎堆停放的乱象；街道上没有尘埃、没有烟头、没有纸屑、没有痰迹、没有撒落的垃圾。这里的房子多为依坡就势而建的二三层小楼。那一幢幢、一片片别墅，仿佛随心所欲地安放在绿色之中的童话般的积木，生态、自然。这里的房子没有围墙，没有门楼，没有胡同，只有密林、大树和连片的绿茵。一幢别墅就是一幅精美的西方油画。

我有过管理小城市的经历。出于职业习惯，我注意观察这里的城市管理，甚至有意发现这里城市管理的过程和细节。尽管这里很难发现城市管理者施工作业的场景，但是用心了，机会总是会有的。

一天上午，在居住的屋子里听到不远处传来机器轰鸣声响。我们出门向机器轰响的地方走去。原来是一部行道树修剪施工车正在作业。我停下来观察：这部施工车分两部分，前半部分是施工作业工具，包括修剪树木工具、粉碎树枝树叶工具、喷洒工具、清扫工具和吸尘工具，后半部分是储存垃圾车厢。

施工作业的程序是，将行道树或景观树上多余的枝叶进行修剪，对修剪下来的树枝叶子现场粉碎，粉碎过的粉末自动送入储存车厢，将撒落在地面的叶片锯末通过吸尘器吸入储存车厢，最后，喷雾清洁。

环卫工修饰绿带草坪时，我也留意观察过。他们作业时的精细化程度，一点不比美容美发师的程序简单。比如他们用割草机将旺长的草绒推平剪齐之后，对割草机推不着的角角落落再用修饰剪刀进行修剪，对覆盖在路沿上的草绒，用修饰剪刀修饰剪齐。修剪下来的草末用吸尘器吸收进入储存车厢，然后再用吹风机吹净路面。

偶尔，我也碰到一次清理下水道的作业。开始，看到大小施工车辆设备，又拉警戒又封闭现场，我还以为要开膛扒肚，开槽挖沟。实际上他们是用吸浆设备将堵塞物及泥浆吸出，用高压水龙头清除洗刷堵塞处污浊残留和进行地面清洗。施工车子开走后，没有留下丁点施工作业过的痕迹。

我也看过路边上摆放的垃圾收集箱。除了家用电器如丢弃的旧冰箱、旧电视机、旧空调和报刊之类在收集箱边有序堆放外，没有任何乱丢乱放的垃圾杂物，包括烟蒂。就是垃圾收集箱内，也没有无袋装的撒落的生活垃圾。由此可见，城市社区环境保洁，不仅仅是专业环卫工的事，必须从家家户户、全体公民做起，从良好的日常生活习惯养成做起。

从这个意义上讲，人人都是环卫工，人人都是城市的美容师。

深山访友

前些日子去了趟京城，探望了早些年认识的一位大学教授。

初识时，他是大学的校长助理，分管着校办产业，兼任着多家公司的董事长。在这所国家重点大学里他可谓是权重股。在大学同事眼中，他是校长跟前的大红人。

那时，他刚四十出头，一米七几的个头，略显微胖，白净面皮，五官端正，衣着考究，英俊潇洒。他有一口流利的英语和标准的普通话，口齿伶俐，表达准确，讲话引经据典，一派学者风范。跟他一接触，你会产生春风扑面的感觉。我是打心眼里佩服他的。

那时，他掌控着学校创收的各种资源，要风来风，要雨得雨。我记得，当时我找他谈技术合作项目，他听过学校科研处简单汇报后即表态：好事，就这么定了。干脆，利落。因此，我印象里，他是个个性鲜明，干练爽快，能说会干，敢于担当的人。

当然，他在学校里也是个招惹争议的风云人物。按照既定的导航路线，我们驱车出京城，一路向北，沿着蜿蜒的柏油马路，一直驶入群山环抱的深处。在一座绿荫半掩的庄园大门口，我见到了这位昔日的朋友。我不曾想，一个堂堂的大学教授，长期隐居在远离京城的深山老林里，几年不见，成就了他一副仙风道骨的行头。

见面，握手，寒暄。

身体还好吗？我问。

您老看呢？他反问。

我见他两眼有神，清瘦的身架，穿一身洁白的丝绸服装，微微隆起的肚子也没有了。里边去吧，他做出请的姿态。

进屋，落座，泡茶。

教授坐在茶桌后面，按下茶壶开关，用竹夹子夹着茶盅，一个一个用开水烫着，然后洗茶，沏茶，一招一式，漫不经心，活脱一个茶道师傅，精到，娴熟。斟上茶水，品着，喝着。他又让人端来水果，梨、苹果、人头枣。他说，尝尝吧，自己种的，纯绿色的。他说话时洋溢出自在与清闲。

吃着，喝着，说着。

这院子啥时盖的？我问。四五年啦。林地呢？十年前租的，租期五十年。您真有眼光，我说。看准了这地方，他说。

学校的事还管吗？全辞了。还带学生吗？也辞了。

那您常住这儿吧？常住。干些什么呢？您老先喝水，一会儿带你走走，看看。我们随教授由里到外转悠。这幢建筑是按照现代中式建筑理念设计的。他说，宏观上照应了前后左右的风水大格局，微观上按照北方四合院布局，外观上看普通、朴实、简约；内部结构上，突出功能、性能和品质，体现了方便、适用、宜居；能源上采用了地下水循环系统，调节室内温度，常年保持室内温度25度，四季恒温；屋顶采用了太阳能发电装置，满足了室内室外、院内院外的生活用水、水体循环、蔬菜林果浇灌，自足有余。

我这个园子呀，是个绿色的、环保的、科技含量挺高的作品。您自己设计的？是的。您的设计可以申报发明专利吧？可以，但没有，自己用，没必要。他说。

您可以做出个模式来，给规划设计单位进行复制推广吗？好啊，您感兴趣吗？他反问。

走出院外，走进他的菜园，走进他的果园，走上他修练太极功夫的高处亭台。他指点着充满着他个人智慧的这座庄园，从风水学角度，讲解庄园的布局，水体走向；从美学角度，描述这座庄园每处建筑艺术的表现手法；从结构学角度，讲述这幢建筑构造的抗击力与厚重。我在聆听间，领略到他渊博的学识和深厚的艺术造诣。

回屋落座，接着沏茶，喝茶。

我起身浏览教授室内家具风格、墙上字画和书架书目，我发现国学及道教典籍居多。教授，您在研究国学，研究道文化吗？我问。

您老看出来啦？是的，我在研究、在学习。他说，我是研究建筑艺术的，这么多年来，我们大家做了许多有悖民族文化的事情。建筑艺术在民族文化传承当中，有着具体的直接的作用，我们国家的学者们没有去研究如何通过一个个建筑形体，来弘扬来传承民族文化，而是对西方的艺术流派、风格津津乐道，包括一些地方官员。

他说，有一次，一个沿海城市的市长请他去做规划。他的团队出了一个方案，市长不喜欢。他问为什么？市长说他喜欢欧美风格。他问，你管理的城市在欧美吗？市长说不是。不是欧美的城市为什么非要欧美风格呢？双方陷入文化认同分歧。

你看看，政府官员、党的干部都这样漠视祖国的传统文化，民族文化能传承得下去吗？老祖宗留下的文明成果，面临断代危机呀！他表现出极大的忧虑。

您可以走出深山，为弘扬民族文化鼓与呼嘛！我鼓动他说。尘世喧嚣，无能为力也！还是好自为之的好！他说。

就这样下去吗？我问。

这不挺好的嘛！他回答。

我从他的行事风格和言行举止，可以窥见到他心灵的淡定与沉淀。

落　叶

阳春，我是第一次在江南沿海一个熙熙攘攘的都市里体验春天。

沿海城市风多，出得门去，时常会感觉风在吹，吹得窗外晾晒的衣裳飘忽，吹得院里的树木摇曳，吹得身子飒飒爽爽，吹得树叶纷纷扬扬地飘落下来。

我在海风吹拂中行走着，在落叶里漫步着，踩着“嚓嚓”的落叶，观察叶子从树上绿色中一叶一叶、一叶又一叶飘零飞落时的情景，我被绿树上风卷下来的落叶吸引着，凝聚着。旧的叶子从树枝上被风刮下来的瞬间，或许是树与叶切肤之痛的过程。风一阵紧似一阵地吹着，旧叶子在绿色茂盛中挣扎着，左藏右躲，它想借助绿色的屏障躲避被吹落的厄运。怎奈它的叶柄与树枝业已脱离，养分业已断供，叶面业已风干，再也经受不住阵阵春风劲吹了，只能是无可奈何，陈叶落去换新叶了。

落叶的状态是无奈的、消极的，颜色是暗淡的、陈旧的。显然，这是去年存留在树上的叶子，熬过了一整个冬天，现在无奈地被春风给刮了下来。落叶随风盘旋着，载着一丝的无奈、一丝的落寞、一丝的不舍，在惆怅中飘零，在落寞中沉默。

落叶是新陈代谢的过程。在这个过程中，风是动力，叶是对象；风是外因，叶是内因。表面上看是风把叶子从树上吹落下来的，实际上是叶子从树枝上自然脱离、风干，外加风的作用，才使得树叶飘落了下来。

观察落叶的心绪是复杂的，面对落叶心中滋生出一种莫名的悲切和伤感。因为，眼下的陈叶曾是新叶绿叶，曾经生机盎然，曾将绿色、将新鲜空气奉献给了这个世界。而今，却被自然而然地淘汰了。新陈代谢是无情的，不论你愿意不愿意，高兴不高兴，满意不满意，新陈代谢都是必然的趋势。犹如人类生老病死、优胜劣汰一样，是不以人的意志为转移的。

一般来说，树木落叶是气候变换的征候。在家乡，我见证过无数次的落叶季，观察过各种树木落叶的悲壮与豪迈，并没有什么能引起我特别关注的东西。但是，南方落叶与北方落叶却大有不同。在北方，落叶知秋，树木叶子变黄变红时，表明气候已进入深秋时节，秋天即将过去；进入阴历十月，随着北风呼啸，树叶尽落，就只剩下光秃秃的树枝树干了，萧条凄凉，便是进入冬季了。而这个时候的江南，仍是绿树成荫，郁郁葱葱，去年传递下来的绿色仍在延续着，一直到清明，淡黄色的新芽新叶强势勃发，上年的叶子才会陆续被春风摘了下来。

北方和南方的气候差异便是这个样子。冬季，北方树木落叶是刚性的，无奈的；南方树木落叶则是有一番代谢的逻辑。北方寒流压境，南方仍阴雨绵绵；北方雾霾阴沉，南方却只是水汽雾气；北方雪压冬云，白絮飞舞，南方仍旧是阴云冷雨。这个时节，北方阳气日盛，万物复苏，草木发芽生绿的时候，江南树木的陈年旧叶却在弹奏“落叶知春”的凄美旋律了。

落叶他乡树，春风唤醒人。春天里在江南看落叶，心绪却依旧在北方老家，一样的落寞，一样的惆怅，一样的多愁，一样的善感，“落叶纷飞处，尽是伤心地”。触景思物生情，小时候家乡晚秋落叶的时节又涌入脑海里。

北方的落叶是风卷残云般的残酷决绝，是自然界最悲情、最凄美的一道景象。在北方，落叶往往是一场寒流，一场北风，风似刀剪，一刀切了下去。清早起来一推窗，树叶落尽，只剩下凋敝的枝干晃动着。此情此景，有种突如其来不可抗力的感觉。从落叶的性质来讲，北方落叶外力是主要的因素。因为，凛冽的寒风对叶子来说是锐不可当的，只能任凭剪刈了。

小时候看落叶，没有多少复杂的心情。只是把树木落叶当成一轮收获。因而，落叶时节也是忙碌的。一到树落叶，我们早起晚归，一把竹耙一个掩篓，把树下一层层、一堆堆的叶子收集到背篓（荆条编大背篓）里，一篓一篓地背回家，垫到牲口圈里，经牲口粪便浸泡，沤成上好的农家肥。那时候，农村的一切归集体，集体组织发展，集体生产劳动，集体分享成果。不仅要求粮食颗粒归仓，树木果实采摘干净，还要求草木树叶收回积肥，叶草还田。因此，每到这个时节，也是小学生收集树叶积肥的黄金时机。就这么半月二十天的光景，我们靠一把耙子一个掩篓，起早贪黑干，收集树叶积肥，可以挣到十几个工分呢！

看待落叶这件事情，身处不同的环境，站在不同的角度会有不同的感受和不同的表达。自古就有人把落叶当成景物一般去描摹的，诸如“袅袅兮秋风，洞庭波兮木叶下”（战国·屈原），“门庭多落叶，慨然已知秋”（晋·陶渊明），“早秋惊落叶，飘零似客心”（唐·孔绍安），“冷月天风吹，叶叶干红飞”（唐·王周），等等，这些唯美的诗句是描绘秋季的色彩和景致的；当然，也有人把落叶演化成惆怅迷惘的心情，表达了悲凉与落寞：犹如“落叶满空山，何处寻行迹”（唐·韦应物），“霜景催危叶，今朝半树空”（唐·司空曙），以及“秋风瑟瑟，树叶零乱，凄凉片片，到处弥漫，心也随着愈加伤感，突然发现，深秋是个伤感的季节”等等。

看待落叶的态度，是由一个人的境遇和心情决定的，也许有更多的认知需要通过像落叶这样一个细节表达出来。

老君山随想

山不在高，有仙则名！这是唐代大诗人刘禹锡《陋室铭》中开篇的话。他是说山不在于有多高，有了神仙就会有名气。位于八百里伏牛山主峰的老君山，便是因浓郁的道家文化而盛名远扬。据说，这老君山是国内唯一不接待外国游客的名山大川。是因为民族信仰之异还是排他之隐，尚不明白。但是，国人信仰的道教始祖老子就在山上，这是古往今来世人皆知的。这次，《奔流》文学院作家研修班安排在洛阳老君山举办，我估摸着多半也是冲着老君山的仙风道气而来的。如是，文友们便可借助老君山这么宏大的道场，感悟博大精深的道德文脉，触摸中华民族文化的广度与深度，提升自我、研修自我、感知自我深耕的能力，把祖国的道文化用文字表达的方式好好弘扬一番了。

我曾于漫山覆薄雪的早春来过老君山。其时，老君山俨然一位仙风道骨、身披薄纱的时空老人，端坐于昆仑、秦岭东麓，伏牛山之巅，傲视五洲四海之大地，庇佑中华民族之子孙，关照着祖国的太平盛世。尽管彼时春寒料峭，但老子思想的温热，传导在旅行者的脑际，温暖在朝拜者的肉身上，自然使人们对那金光灿灿的老君顶礼膜拜。诚然，彼时景象与此时景象会有差异。但是，此一时彼一时的差异只是视觉上的差异，而非感觉感悟上的差异，自然的变化只是形式上的变化，而非本质上的变化，无论春夏秋冬，万变不离其宗，皆以自然为依归。“道法自然”，是老子思想的核心，其要义是“心无旁骛才能臻于化境”。因此，领悟“道法自然”，有助于认识和尊崇文学创作规律，提升文学作品的品位品质，使传统精神文化在现代文学艺术之树上绽放出更加鲜艳的花朵。

老子说，“道可道，非常道”。在老君山观山看景研学，关键在于自己能观出山的气象，看出景的灵秀，研出道的要义。登高远眺，群山起舞重重叠叠隐隐约约或绝壁绿黛或白云飞渡；俯瞰沟壑，伊河蜿蜒缠缠绵绵潺潺汩汩或浪涛湍急或缓流无争。这气象、这灵秀、这要义便是天地大道，大道在山、在水、在文字间，看山似山非山，看水似水非水，看景似景非景，大道至上至简至空，一切自然而然。人们在观山观水观景的瞬间悟出道，在道的力量下升华为信仰，转化为思想，转化为文化，转化为精神力量，大道之信仰成为中华民族精神力量的源泉。

文化是民族精神的载体，信仰和文化是分不开的。我们国家的宗教信仰特征并无突显。但我们骨子里有着对道、儒等本土主流文化的依托。自古以来，这种文化依托在民族进化中升华为信仰，从而影响着中国的社会经济发展的进程。在当代，我们的文化信仰，我们的主流文化精神也在不断地革新。经过社会不断发展进步，形成的我国的主流文化主要是两个方面：一是中华民族优秀的传统文化；一是在长期革命斗争和建设实践中形成的当代文化集大成者——毛泽东思想，这为中华民族确立民族信仰奠定了文化基础。

上世纪八十年代以来，意识形态领域及其文化领域的深刻变革，对优秀的传统精神文化产生了不小的冲击。有人刻意引入、传播西方的文化和生活方式，有些人一味地崇拜西方的政治、文化，如西方的文字、西方的节日、西方的衣着、西方的制度；有人不分青红皂白，不顾中国国情，盲目崇拜推崇西方的政治体制、民主自由。有些人一方面，不顾民族尊严，不顾人格脸面，恬不知耻地为西方所谓的文明唱赞歌，又竭力反对为民族英雄唱赞歌！另一方面，却肆无忌惮地诽谤诋毁民族英雄形象，丑化抹黑祖国民族文化。还有人为了获取一块国际奖牌，不惜赔上祖宗八代，也要仰人鼻息，蝇营狗苟，成为西方嘲讽中国人民的马前卒、哈巴狗。这是当代价值观的变异！是民族文化发展中的悲哀！

几十年后，当我们回过头来回望我们国家对文化自信的坚守，审视我们国家以及全体国人的信仰缺失时，不禁令人唏嘘不已！那些西方的文字、西方的文学、西方的教育、西方的节日、西方的习惯、西方的餐饮，像近代西方的宗教和鸦片一样，一步一步地侵入中华大地，正在改变我们的土壤，改变我们的文化，改变我们的习惯，改变我们的基因，改变我们的民族文化认同。这种改变的后果，就使得在毛泽东时代早已根除灭迹的“黄、赌、毒、嫖、娼，拐、骗、偷、抢、黑”等旧社会恶习死灰复燃，沉渣泛起，严重蚕食我们的民族文化自信，扰乱了社会秩序，污染了社会环境，败坏了社会风气，进而腐烂至各级组织，导致了史无前例的社会性贪腐。我们在检视过往时已经意识到：一个人、一个家庭、一个社区、一个乡镇、一个县市、一个国家、一个民族，必须有信仰，必须有我们共同的信仰。而这个信仰不是基督教，不是天主教，不是法轮功，不是拜金主义，不是西方的鸦片文化，不是西方的自由民主那一套，而是我们中华民族优秀的传统文化，是伟大的战无不胜的毛泽东思想。

开国领袖毛主席是有坚定的信仰的。不过，他信仰的“上帝”不是玉皇大帝，而是人民。1975年10月8日，他在会见南斯拉夫客人时对客人说：“人民就是上帝。”有一次，他到基层搞调查研究时，问随行人员：“你们信不信上帝？”大家愕然。然后，毛主席说，“你们不信，我信！”大家惊愕。毛主席深情地说：“这个上帝是谁？他就是人民！”毛主席坚定地把人民作为信仰，把“为人民服务”作为他毕生的宗旨。有了人民是上帝的信仰，才有了他站在天安门城楼上，振臂高呼“人民万岁！”这样感天动地的呐喊！这是人民的领袖发自肺腑的声音！习近平在谈到以人民为中心时也说：“江山就是人民，人民就是江山。”这也体现了国家领袖“天人合一”的民本思想和治国理念。英国剧作家罗伯特·奥克斯顿·博尔顿曾说过：“信仰不只是一种受头脑支配的思想，它也是一种可以支配头脑的思想。”把人民当作信仰，视人民为上帝，这是一种坚信“根基在人民，血脉在人民，力量在人民”的忠贞信仰，是一种“一切为了人民，一切依靠人民”的历史担当，是“全心全意为人民服务”的永恒信念。

民本思想是老子的核心思想，不仅贯穿于历代卓有成就的统治者治国理政的思想，也影响了历代文学家、诗人、艺术家的创作理念。比如，老子说的“上善若水”，意思是说最好的善行就像水一样。水，生长、养育、滋润着万物，大公无私，一视同仁，始终如一，任劳任怨，无怨无悔。“水善利万物而不争。”老子期望统治者有水一样的高贵品质。而这种优秀的品质，不正是开国领袖毛泽东、周恩来、朱德等老一辈无产阶级革命家的真实写照吗？不正是文学大家们坚守的优秀品质吗？

早在八十年前的延安时期，毛主席就在《延安文艺座谈会上的讲话》中指出：“为什么人的问题，是一个根本的问题，原则的问题。”“我们的文艺应当为千千万万劳动人民服务。”“人民生活中本来存在着文学艺术原料的矿藏……它们是一切文学艺术的取之不尽、用之不竭的唯一的源泉。”“有出息的文学家艺术家，必须到群众中去，必须长期地无条件地全心全意地到工农兵群众中去，到火热的斗争中去，到唯一的最广大最丰富的源泉中去”……这次《奔流》

文学院在老君山举办研修班，请文学界成就斐然的名家李佩甫、王剑冰、李炳银、张鲜明、李春雷、刘军莅临授课指导，用他们贴近人民、贴近时代、深入群众、深入生活的实践阅历和采访创作经历，向学员们传授丰富的文学创作经验，诠释他们对人民的无限信仰和情怀。他们的文学创作经验充分证明，文学的根基在人民，文学的源泉在人民，文学的对象在人民，人民永远是文学的主人公！

老君山是道教始祖李耳归隐景室山“老子论道”之圣地。两千多年来，他的“道法自然”“无为而治”以及“民本”思想，犹如中华民族精神文化的魂魄，匡正着中华民族的传统文化。窃以为，《奔流》文学院在老君山举办作家研修班，意在告诉正在为文学梦想而努力的朋友们，要实现文学梦想，就要信仰人民、尊重人民、敬畏人民、回归人民。这也是解决“文学为什么人”的根本问题。

猫咪老太

每天晨练，早起6点，在居住的小区里散步，走路，蹬蹬腿，伸伸腰，扭扭脖子。

这个时辰，一位略显佝偻的老太，拎着沉甸甸的篮子，迈着蹒跚的脚步，在小区的花丛里、密林中穿来穿去，从南到北，往返千米。每天如此，很规律。

我时常看到她，有时会擦肩而过。她很熟练地走向一簇又一簇的绿丛里。从路沿到丛林里，绿茵茵的草坪上，被她走出来一条条硬光光的路。

老太究竟在做什么呢？我注意到了她。

每当她拎着篮子走近丛林时，几只胖乎乎的野猫会不约而同地在丛林外恭候她。然后，在她撩起绿丛的枝条钻进丛林深处那一刻，野猫便会跟随她鱼贯而入。啊！她在喂野猫！

小区野猫的确很多。当你漫步在宅区内的人行道上，穿行于宅区内葱郁的花丛中，时常会遭遇三五成群的野猫窜来窜去。有时，野猫见到人会很快逃遁。有时，它也会撑起架子，竖起皮毛，瞪起圆圆的金黄色的眼睛，与你对峙，那犀利的目光里充满敌意。这时，你会感觉后背冷风飕飕，索性赶快绕开去。晚间，在丛林中散步时，会时不时有野猫从跟前窜跃而过，弄得你毛骨悚然！这讨厌的野猫！

那个老太喂野猫却非常上心。我下意识地跟着老太。等老太从一个点钻出来去往下一个点后，我钻进丛林里，想要看个究竟。我看到了一种生动的人性的场景：这是一个野猫的“食堂”，有铝盆，有猫食，有水碗。这是专供野猫吃食的场所。难怪野猫们对老太那样的恭敬！

老太和野猫们相处得亲昵和谐。可以看得出来，老太每到一处，野猫们围着老太，亲着，舔着，活蹦乱跳，显得格外温顺与亲热。老太则用手轻轻地从头到尾抚捋着野猫油津津的皮毛。

我曾问老太：您为何如此喜欢野猫？老太说，猫是人类的朋友。它们在维护着我们生活的安宁呀！

是啊！道理就这么简单，细细品味，有滋味，有境界。

老太儿孙满堂，可是平日里只有她跟保姆同吃同住。这个宅区建成后，老太便住了进来。那时，宅区的周边还是农村和农田。住户陆续搬进来了，耗子也跟着进来了。可能是生态链的需要，野猫也渐渐地出现在小区里。然后，耗子就逐渐地减少，再然后，耗子绝迹了。

耗子绝迹了，野猫吃什么？这成了老太关注的大问题。她很纠结过一段时间：人来了，耗子也来了，人不得安宁。猫来了，耗子没有了，人安宁了，猫却没了食物。她担心：猫没了吃的，走了，耗子又来了。她思忖再三：要留住猫。

老太也许没有从生物链的角度研究过人与猫、人与鼠、猫与鼠之间的关系。但她心里十分清楚，在世间一切事物中，人是第一最可宝贵的。在这个宅区，她唯一能为大家做的事情就是留住野猫，以此来维持宅区居民生活的安宁。

老太为了感激野猫，便在野猫集中出没的丛林里，给它们送去了食物和水。开始是临时凑合着，现在却像开了个连锁店，一共六处，一样的盆子一样的碗，一样的配餐，一样的待遇。年复一年，月复一月，日复一日，老太坚持着喂养野猫，与野猫为友。

选择孤独

孤独既是状态也是态度。所谓状态是人与环境空间的关系、表现方式和反映出的状貌特征与动作情态；所谓态度是人对环境、对人、对事的思维、认知和应对方式。状态是客观存在而非主观故意的；态度则是人应对外部环境、时间沉淀、人事变化，呈现或流露出来的一种思想表现、情绪表情或应对方式。状态和态度互为作用关系，状态是外在因素，态度是内在因素。在两者关系中内在因素起决定作用。

孤独是战胜浮躁后的安宁与静恬，需要有内在的定力。当今的社会，盛世繁华，物欲横流，人心浮躁。从政者思想着平步青云，经商者梦想着一夜暴富，劳力者梦想着不劳而获，劳心者梦想着鱼跃龙门，懒惰者幻想着天上掉下个馅饼……少有人愿意脚踏实地一步一个脚印地把路走好，把人做好，把事干好。在这样一种社会氛围里，如何能够走出红尘，尘归尘土归土，把自己放逐在一个幽静安然、与世无争的环境空间，修身修养修为，不为功名红尘所惑，不为钱财女色所诱，不为时势变局所动。这就要有恒心与定力，没有内在的定力，很难能够将自己安分下来。

孤独是人们在经受磨难，沉思过往后的理性选择，是对自我再思考后的一种态度。大凡，人们经过一场人生劫难，或政治上遭遇严重挫折，或经济上蒙受巨大损失，或身体上遭受严重灾祸，或天灾人祸致万劫不复，人们会选择一种独处自省的方式，让自己在孤独的状态中，抚慰心灵，放下往事，超然解脱，自我救赎。

独处、独立、独行、独思是清醒而明智的选择，是提高自我免疫的一种能力。喜欢独处的人，善思慎行，品行端庄，具备独立的思考能力和独立的人格，按照自己的思维方式，做出特立独行的选择。此类人从不扎堆，不搬弄是非，不人云亦云，不攀附权贵，不随波逐流，只喜欢一个人，干好自己应该干的事情，享受自己干干净净的精神世界和简简单单的生活圈子。虽然，看上去他们脾气有点古板、固执，但是，他们的修养很好，待人处事平和、恒久。

如果选择孤独而爱上孤独，那孤独就是一种修养的习惯养成，是一种内敛和气质，是人生境界的超然享受。享受独处时的自由时空，世间的喧嚣、繁华、浮躁和纷争与己无关。删减朋友圈、关系圈、亲戚圈，减少非必要的往来应酬，压缩非必要的社会活动，找回那份真正属于自己的空间，哪怕偶尔感觉凄凉，孤芳自赏，尽享那份孤独而凄美的生活。而这一选择是持之以恒的，终其一生的。如果惧怕孤独又感觉到孤独，那就放弃自己追求空灵境界的执念，把自己放逐到世俗化的人世间，去追逐喧嚣，追逐繁华，追逐名利，追逐光怪陆离的风尘世界。

我之所以选择孤独，是因为，我需要一种淡泊的心，独处的静。除去浮华，规避喧闹，没有人前人后，没有阿谀逢迎，没有小人作祟，没有尔虞我诈。只有自己冷静的思考，审视着过往，梳理着未来。这种状态一旦形成，就成就了自己独立的空间、独立的思想、独立的人格、独立的气度和独善其身的境界。

选择孤独还要学会享受孤独，人静心不浮，心静则身安。“无论在什么地方都要记住，过去都是假的，回忆没有归路”（《百年孤独》）。按捺住对过往的回忆，遏制住往事对内心的困扰，打开了对既往的心结，才能做到历遍世事，不失本心，见惯繁华，终归安宁。把孤独当成人生的修行，无烦无恼，无忧无愁，无恨无怨，让平静淡泊渗透进身体，渗透内心，真实地摆脱尘埃侵染，使心绪始终处在轻松、从容的状态。

孤独，不仅是远离红尘，跳过浊水，保持洁身自好，自求独善其身，将爱赋于自身；而且应心存善念，情至人间博爱，爱人，爱物，爱各种生命，爱这个世界，以爱的心态对待周围的人、物、生命和花草树木、山水景物。在珍惜自己的生命的同时，也珍惜每个生物的生命；不害已，不害人，不害其他生命。用仁爱之心去拥抱世界的万事万物，让爱心把自己融化到万事万物之中，在爱与善的心境里孤独与平静地生活。

再读红旗渠

红旗渠是一部宏篇巨制的教科书，是镌刻在太行山上的一部百科全书。她所释放出的精神与物质、思想与文化、文明与生态、科技与创新的综合红利，是红旗渠建设者的后代们取之不尽、用之不竭的力量源泉。

当年修建红旗渠工程的决策者和设计者们，面对的是林县“十年九旱，水贵如油”的残酷现实；梦想的是如何改变林县穷山恶水的旧面貌，解决六十多万人民群众生产生活用水的困难；谋划的是建设一条“引漳入林”水利工程，把山西省境内的漳河水引到林县的土地上；确立的是“宁愿苦干，不愿苦熬”和“一切为了人民，一切依靠人民”的群众路线。

决策者和设计者们描绘了一幅战天斗地、改造山河的宏伟蓝图，展现了他们为改变林县旧面貌的雄心壮志。但是，没有党的坚强领导，“引漳入林”工程的宏伟蓝图就只能是墙上画饼；没有人民群众的积极支持、广泛参与，“引漳入林”工程的蓝图就只能是纸上谈兵。

建设红旗渠工程，不是请客吃饭，不是做文章，不是绘画绣花。是党领导人民群众战胜艰难险阻，靠着集体主义，同甘共苦；靠着自力更生，艰苦奋斗；靠着领导带头，苦干实干；靠着一锤一钎，奋力拼搏；靠着脚踏实地，苦干十年干出来的。半个多世纪的运行实践证明，红旗渠工程不是作秀项目，更不是“政绩工程”，而是利在当代、功在千秋的富民工程。

要奋斗就会有牺牲，想干事就得敢担当。当时的县委书记杨贵冒着政治和生命双重风险，他作好了“大渠通不过来水，就从太行山上跳下去”的思想准备；吴祖太为修渠，技术指导在第一线，将年轻的生命和热血抛洒在了大渠的隧洞里；108位把鲜血与生命献给“引漳入林”伟大工程的壮士们，将自己的生命与林县60多万人民的前途命运紧紧地联系在了一起。

实践反复证明，党领导建设社会主义事业的重大决策，只要赢得了民心，只要符合广大人民群众的根本利益，党和人民的意志就会高度一致；人民群众就会按照党指引的方向，不畏任何艰难险阻，义无反顾，勇往直前，直到取得最后胜利！

历史是人民书写的。红旗渠工程的建成投用，彻底改变了林县严重缺水的状况，改写了林县“光岭秃山头，缺水贵如油”的历史，雄辩地证明了毛主席关于“人民，只有人民，才是创造世界历史的动力”的光辉思想。红旗渠的修建过程，充分展现了人民群众的无穷创造力，诠释了人民创造历史的伟大真理。

当今我国政治、经济、法制、社会环境发生了深刻变革，物质、文化、医疗、教育、就业、保障等制度都从根本上发生了翻天覆地的变化。市场繁荣了，物质丰富了，人民群众物质文化生活水平有了很大的提高。但是，万丈高楼平地起，吃水不忘掘井人。没有先辈们的奋斗与牺牲，没有先辈们打下良好的精神与物质基础，就不会有今天的繁荣与幸福。因此，正确处理好昨天、今天、明天的关系，对确立人们的辩证思维非常重要。

前人栽树，后人乘凉。红旗渠通水至今已经五十多个春秋。她承载着林州人民对水的期盼、对水的渴求，在日夜不停地在向林州大地灌输着日益紧缺的水资源。她灌溉着农田，补充着水源，改善着生态，满足着我市人民生产生活日益增长的需求。当我们经历着日新月异的变化，憧憬着繁华似锦的未来，享受着富裕的生活、优美的环境，分享着前辈们用血汗换来的精神与物质财富时，我们及我们的后代，所有在林州大地生活的人们，千万不要忘记林州“十年九旱，水贵如油”的历史，千万不要忘记当年那些“宁愿苦干，不愿苦熬”，为修渠作出贡献的人们，他（她）们是我们最应该尊敬的人！

当你思想上感到困惑，工作上碰到难题，生活上遇见困难，事业上遭遇曲折时，你可以沿着红旗渠走一走，看一看，忆一忆，从红旗渠这一伟大壮举中找到答案。我们的先辈们当年在何种背景、何种困难、何种条件下，以集体主义精神和大无畏的英勇气概，公而忘私，抛家离舍，吃糠咽菜，忍着饥饿，一不怕苦，二不怕死，硬是在太行山上凿出一条人工天河红旗渠，创造出世界水利史上的伟大奇迹！想一想，比一比，我们还有什么困惑不能释怀，还有什么难题不能解决，还有什么困难不能克服，还有什么事情干不成呢？

雾霾下的心态

龙年的冬天蛇年的春天，雾霾天气一拨接一拨。浓浓的雾霾遮住了人们的视野，阻碍了人们的出行，抑制了人们的欲望，限制了人们的自由。这种恶魔化气候，在中国是史无前例的。这让人们疑惑世界末日的预言正在应验。

这个时候，人们无比愤怒，责怪着、臆断着若干条造成雾霾天气的祸根。

这个时候，气象专家向民众解释说，这是上世纪西方诸如英美等发达国家曾出现过的大气现象，这种大气现象叫雾霾。而且说，雾和霾是不同的，雾是过量的水汽与空气中凝结核结合在一起，它们悬浮在高空称为云，悬浮在近地的空气层里称为雾；霾指的是空气中的灰尘、硫酸、硝酸、有机碳氢化合物等粒子使大气混浊的现象。还说雾对人体健康无碍，说霾对人体是十分有害的。

这个时候，专家支招说，要学会应对这种天气：尽量少出门，晨练应限制，出门戴口罩，返回要漱口，饮食要讲究，减少吃火锅，素食加水果。这样就严重地影响了人们正常的工作和生活。

这个时候，中央媒体发布的信息说，2012年末，全国各地上报的GDP比中央统计的数据还多出5万多亿，这让民众心中生出了很多悬念。

这个时候，中央纪委公布了2012年的反腐败成果，按照党纪国法处理的党政经领导干部有20000多名。这又让民众看到了当今社会政治生态腐败的严重程度。

在这尘世喧嚣的大环境里，人们不禁要问：这个世间到底怎么了?

雾霾天气给人们的思想上、生理上蒙上了一层阴影。人们开始反思过去的几十年干了些什么？自然生态界的雾霾和思想政治界的雾霾是怎样出现的?

社会舆情也表现在网上。

一些网民说，正确的理论是指引社会沿着正确方向健康发展的基础。有什么样的理论指导，就会形成什么样的气候和生态，包括政治生态。正所谓“撒什么种子开什么花，栽什么树苗结什么果”。

一些网民说，干部政策和用人导向，是造成大气雾霾和思想雾霾的政策基础和体制基础。因为，毛主席早就说过：“政策和策略是党的生命，各级领导同志务必充分注意，万万不可粗心大意。”他还说：“正确的路线确定之后，干部就是决定的因素。”我们的路线方针政策是否对头？党的干部政策导向是否对头？对领导干部特别是各级“一把手”考核管理是否出现了偏差？在偏好GDP的导向下，对发展成果追求的是规模和速度，忽略的是环境和质量，走上了“先污染后治理”的歧途，支付了以牺牲生态环境（包括政治生态）为代价的巨额成本。雾霾天气给这些领导们的政绩大大地打了折扣。

一些网民说，这时候，国家养活的一批批“公知”“精英”们干什么去了？是否从这昏天黑地的雾霾中也悟出一些道理呢？是否还要从西方那里搬来驱赶雾霾的洋办法呢？一些网民说，幸好雾霾对重灾区的国民身体影响来讲还算是公平的。因为无论你是治国精英还是田野平民，雾霾在每个人身上产生的负能量大体是相当的。实际上，民众并没有考虑到自己对国家资源的占有份额和自己在酿成雾霾这种恶性天气事件中所产生的作用。只是感同身受罢了。

人们在牢骚、怨恨、咆哮、议论之后，开始平心静气地面对眼前的现实，面对自己的生存环境，反思过去的所作所为。作为一个十几亿人口的泱泱大国，不能没有国家的主体思想、主体文化。如果谁主政就抛出一套理论、一种文化方式，那国家就永远不会有主体思想，永远形不成民族的自主文化。试想，没有主体思想、没有主体文化的国家会走得很远吗？作为一个领导人也好，国家也好，地方也好，如果没有战略思想，没有为了国家未来久久为功的品德，只思考自己任内的举措，只追求自己任内的一时功名，那子孙后代的事谁来思考、谁来维护呢？作为一个行业、一个产业、一个企业，也不能只考虑集团利益而忽视社会利益，更不能干那些以牺牲环境为代价来满足集团利益的物质追逐。如果连包括自己在内的人类生存环境都不顾了，那我们单纯地去追求GDP又有何意义呢？因为，人们在追求丰衣足食、现代时尚生活的同时，更追求自由民主、文明富裕的生存环境，更追求和怀念上世纪八十年代前的蓝天白云、空气清新、绿水青山。

我们的整个国家，包括从国家最高领导人到普通民众，都应该有一个平和的心态，有一个清醒的头脑。学会运用历史的、唯物的、普惠的价值观来审视过去，指导未来。过去做得对的就坚持，做得好的就发扬光大。世界上没有十全十美的东西，对过去发生过的或正在发生的事物，绝对否定或绝对肯定都不符合实事求是的客观要求。对发生过的事情，可以留作后人去评判。但是，国家主体思想、主体文化及国家的核心利益是坚定不移的，是不可左右摇摆的。因为思想摇摆、理论混乱，人们就缺乏主心骨，民族就缺乏凝聚力，社会发展就缺乏定力，国家在世界上就缺乏竞争力，就要被动挨打。

我们需要风

风是空气的一种流动方式。活在这个世界上的所有生命，包括地上长的、空中飞的、水中游的，直立的、爬行的，高级的、低级的，动物的、植物的，都离不开空气，离不开阳光，离不开水，却很少有人提及离不开风。

前几天，北京的一位朋友，在朋友圈里发了条微信说："号外！号外！特大喜讯传来，据群友们亲自观察后证实，大风已经刮到张家口了！"此消息一出，市民们群情振奋，奔走相告，大有万人空巷迎接大风进城之势。

果然，一夜大风刮过，一连十多天乌云压城般的重度雾霾，被大风扫得荡然无存。清晨起来，湛蓝湛蓝的天空，万里无云，风和日丽。这简直就是惊人的奇迹！

突然，人们意识到了风的存在，风的作用，风的功绩，风对改变人们的生存环境是多么多么地重要！

近些年来，华北广大地区常常深陷重度雾霾之中。近期比较严重时，PM2.5浓度甚至超过了1000微克/立方米，空气污染指数达到重污染。这意味着人们生活在毒气的环境里。各级政府也想尽了办法，费尽了周折，想把这可恶的雾霾驱逐出境，但雾霾似乎爱理不理，毫无退意。就在大家饱受折磨一筹莫展之时，大风勇猛挺进，雾霾悄然而退了。

人们非常清楚，这是风的作用、风的功劳，与专家学者们的支招没有什么关系。况且，已经有专家学者正在为自己的无奈找出退路，说古代就有雾霾，不是今天才有的。这就让人感到十分惊诧！古代有雾我们相信，古代的霾从何而生，从何而来？专家学者恐也难自圆其说的。

过去说到风，多是烦恼和多嫌。春天风多了，风大了，就说春风缠。出力了，出汗了，稍不留意，患上了感冒，就会用埋怨的语气说，这春风缠得很，得躲着点！好像患上感冒就怨春风似的。全然不记得春风拂面、春风化雨、春风得意的惬意状态。

在我们的生命过程中，我们常常关注于眼皮子底下的一些普遍的表象，忽略了一些关键时刻起关键作用的东西，对一些事物的特殊性的认识还停留在表面上。比如说对风的能动作用就认知不足，甚至对这种有形无形、飘忽不定的东西视而不见，感而未觉。有时，即便是感觉到风的威力、风的正能量，但是，由于曾经受过风的一时袭击，就从骨子里对风耿耿于怀，不仅不愿意正视风的正能量，反而武断地对风的作用全面否定。

世间的一切事物都是一分为二的，包括自然的，人为的；政治的，经济的；历史的，现实的；物质的，意识的；主观的，客观的等等。我们不能把一些事物看得太绝对，好，就绝对的好，坏，就一无是处。这种极端主义的态度，是反科学的，是形而上学的。

其实，风也同阳光和水一样，是这个世界、这个地球上生物界须臾不可或缺的东西。风是空气流动状态里的活力，是打破沉闷，实现循环的动力。犹如涓涓清流、湍流，和流水不腐一样，空气里也需要微风、劲风甚至暴风。这样，才能够驱散阴霾，迎来蓝天。

关掉微信 立地成仁

——读《危险！世界各地出现大量“行尸走肉”》一文有感

本人也时常阅读微信，就在年近古稀之时，还在朋友帮忙下加了微信。

一年多下来，白天看，晚上看，夜以继日；家里看，外边看，废寝忘食。结果弄得自己头蒙眼花脊椎疼，腰酸背痛无精神，两眼发呆，语言迟钝，精神恍惚，神情不定，犹患老年痴呆，如得一场大病。众问何故？伴曰：微信作祟！

今日又翻微信，忽见一条调侃微信的微信：《危险！世界各地出现大量“行尸走肉”》，并配发很多不同场合、不同环境下那些“行尸走肉”们旁若无人无物地阅读微信的照片。观后感同身受，陷入无限忧心和焦虑之中。

腾讯是微信的研发者。它利用互联网技术，将云计算、大数据等关键技术集成运用，创造出一个万能平台——微信。

微信也是商品。广大民众既是微信的使用者也是微信的消费者。通过使用微信，获得了海量的信息，政治的、经济的、历史的、人文的、军事的、外交的、科技的、自然的，西方的、东方的，国际的、国内的，男人的、女人的，工作的、生活的，欢乐的、悲催的，理想的、现实的，存在的、虚无的，正面的、负面的，造谣的、惑众的……无所不包，无所不有。它简直成了人类有史以来真正妙计横生的“锦囊”。

腾讯是这场游戏的设计者，更是利用微信这一特殊商品获取高额利润的最大受益者。微信像吸铁石一般将亿万民众从不同方位吸引到同一个空间，采用同一类工具，进行统一规律性动作，产生出异同的效果。其形态，恰似被邪教控制脑袋的无知群体，正在心甘情愿地走一条没有尽头的不归之路。

从表面上看，微信的使用者貌似也是受益者。通过痴迷的采集，获得了形形色色的信息。而且，自以为获得了无穷的知识。其实，事后细细过滤，又有哪些东西对自己有实际作用呢？

实际上，我们从微信海量的信息里，并没有吸收多少有用的东西，却不知不觉间耗掉了大量宝贵的时间。这包括工作的时间、休息的时间、学习的时间、运动的时间、娱乐的时间、保健的时间、尽孝的时间、访友的时间、等候的时间。如果把时间变成可以交换买卖的有价证券，那社会成本是极其高昂的。

与此同时，还将你带入一种浮躁的氛围里。让你自以为懂得了很多东西，其实什么也没懂；让你自以为是，其实什么也不是；让你以为掌握了一门自谋生路的技巧，其实什么也没有。你原来是什么样子，还是什么样子。

从现实情况看，痴迷于手机微信的人，工作中精力不集中，效率不高；休息时间不休息，弄得精疲力竭；学习时注意力分散，影响学习质量；锻炼时间被占用，影响身体健康；挤占了保健娱乐时间，影响了生活质量；看望老人时翻看手机，影响老人情绪；很多的约定因此而造成失约，坐失良机，丧失机遇。凡此种种，微信对人类生活方式、生活质量、社会效率，产生了很多负面影响。

从个人修养看，痴迷于玩手机的人，往往置颜面、礼节于不顾，对家人、对客人、对服务对象视而不见，旁若无人。即便是父母、夫妻、子女、亲戚、朋友、顾客与你打招呼、谈事情，你依旧不停地摆弄手机，痴迷沉醉，心不在焉，走不出那个手机王国！而不管人们怎么看，情绪会怎样。综上所述，我很认同网友下面这段话：百年前有人躺着吸鸦片，百年后有人躺着玩手机。其姿态，其后果，竟然是惊人地相似。活脱脱的一具行尸走肉！

当然，我们是在说与“行尸走肉”相关的现象，没有否定微信正面的、积极的作用。